庫

32-792-2

創　造　者

J.L.ボルヘス作
鼓　　直訳

岩波書店

Jorge Luis Borges

EL HACEDOR

1960

目次

創造者

レオポルド・ルゴネス[*1]に捧げる

広場のざわめきを背後に残して図書館に入っていく。ほとんど肉体的にと言っても良いが、わたしは書物の引力を、ある秩序が支配する静謐な場を、みごとに剝製化して保存された時間を感知する。右に左に、明晰な夢に没頭する読者たちの束のまの顔がミルトン[*2]の代換法[*3]さながら、好学のランプの光に照らされて浮かび上がる。すでにこの場所でその姿が、後に『太陰暦』のなかの「不毛の駱駝」という、雰囲気をよく表わしているあの別の形容辞が、さらにその後に、

*1―アルゼンチンの詩人(一八七四―一九三八)。代表的な作品は『感情の太陰暦』(一九〇九)。一九一五年から青酸カリをあおる三八年まで、パラグアイ通りの全国教育図書館館長を務めた。一九三〇年にある政治勢力から国立図書館の長に推されたが辞退。

*2―ジョン・ミルトン。イギリスの詩人(一六〇八―七四)。若年の頃の勉学と中年における激務のため一六五二年に失明。代表作の一つに怪力の盲人を扱った『闘技士サムソン』(一六七一)がある。

*3―ギリシア・ローマ以来の修辞法の一つ。語句のなかで統辞的にも意味的にも適合しない単語を結び付けること。その意外性は読み手の想像力を刺激する。

Ibant obscuri sola sub nocte per umbras
——淋しき夜中に彼らは朦朧と進みゆけり

という、同じ技巧を凝らしつつそれを超えている『アイネーイス』[*4]の、あの六歩格などが心に浮かんだことがあるのを、ふと思い出す。

　このような感慨に耽っているうちに、わたしはあなたの執務室の扉の前に立っている。そこへ入って、ありふれてはいるが心のこもったことばを交わし、この書物をあなたに贈る。思い違いでなければ、ルゴネスよ、あなたはわたしを嫌ってはいなかった。[*5]あなたの気に入るような作品が何か一つでも書ければ、あなたは心から喜んでくれたにちがいない。一度としてそのようなことは起こらなかったが、しかし今度ばかりは、あなたもページ

*4—ローマの詩人プブリウス・ウェルギリウス・マロ(前七〇-前一九)作の建国叙事詩。引用の詩行もまた、先行する「明晰な夢」「束のまの顔」「好学のランプ」「不毛の駱駝」などと共に代換法の好例。

*5—狷介なルゴネスとボルヘスとの関係は複雑であった。二〇年代の前衛主義を喧伝する「プリスマ(三稜鏡)」という《壁雑誌》を贈ってルゴネスを喜ばせたボルヘスは、一方で『太陰暦』を『無陰暦』と揶揄した。しかし晩年は態度を改めて、ルゴネスを二〇世紀アルゼンチンの最大の文学者とまで持ち上げた。

をめくり、ある詩行を読んでうなずく。おそらく、そこに自分自身の声を認めたからだろう。またおそらく、あなたの関心は手ぎわの拙さよりも正鵠な理論にあるからだろう。

ここでわたしの夢は崩れる、水が水に消えていくように。わたしを取り囲んでいる図書館は、ロドリゲス・ペニャ通りではなくメヒコ通りにあり、ルゴネスよ、あなたはすでに一九三八年の初めに自殺している。わたし自身の見栄と懐旧の情が、ありえない光景を生みだしたのだ。そのとおりかもしれない、とわたしは呟く。だが、明日はわたしも死ぬ、わたしたち二人の時はない交ぜられ、年譜はかずかずの象徴の世界に消える、だからある意味では、わたしはこの書物を持参し、あなたは心よくそれを受けたと言っても良いのではないだろうか。

一九六〇年八月九日、ブエノスアイレスにて。

J・L・B

創造者

彼には追憶を楽しんでいる余裕がなかった。さまざまな印象も鮮やかなまま、瞬時に彼の頭をかすめていった。陶工の用いる朱砂。それぞれが神でもある星をちりばめた円穹。そこから獅子が降ってきたことのある月。敏感で緩慢な指先が触れる大理石のなめらかさ。白くて荒っぽい歯で力まかせに嚙み切るのを好んだ野猪の肉の味。あるフェニキアのことば。槍が黄色い砂のうえに投げる黒い影。海や女どもが近づく気配。舌触りの悪さが蜜でやわらげられた強い葡萄酒。これらのもので彼の心は完全に占められた。彼は恐怖の味を知っていたが、同時に忿怒と悍勇の時を心得ていて、昔のことながら敵の砦に一番乗りをしたこともあった。貪欲で、好奇心にあふれ、気紛れだった。満足したあとは、きまって冷淡な態度を示した。彼は各地を旅して回った。海沿いの土地の到るところで人間の建てた都市と宮殿を見た。人で賑わう市場や、おぼろな山頂にはサチュロイ[*1]が棲むとさえ思われる峰の麓で、さまざまな波瀾の物語を聞き、真偽を確かめもせずに、事実としてそれらを受け入れた。

素晴らしい世界が彼を徐々に見捨てようとしていた。執拗な靄がその手相を薄れさせ、夜空から星が消え、足元の地面はたよりないものになった。すべてが遠ざかり、紛らわしくなっていった。視力が失われつつあると知ったとき、彼は絶叫した。ストイックな廉恥心はまだ知られておらず、ヘクトール[*2]も敵に背を向けて汚名を着せら

＊1―ギリシア神話で、好色な半人半獣の山野の精。

＊2―古代ギリシアの詩人ホメーロス（生没年不詳）の叙事詩『イーリアス』の主人公の一人。トロイア方の最も勇敢な武将であるが、一度は怖れて背を向けたアキレウスに最後には討ち取られた。

れることのない時代だったのだ。「もはや見ることもあるまい、神話的な畏怖であふれた空も、また歳月でさま変わるこの顔も」と彼は思った。この肉体への絶望のうえを昼と夜とが過ぎていったが、ある朝目覚めた彼は、まわりを取り巻く形の定かでない物々を見てももはや驚かなかった。説明しがたいことだが、聞き覚えのある音楽や人声に接した者のように、この一切はすでにその身に起こったこと、そして自分がそれに直面して、不安と同時に喜びや希望や好奇心を感じていることに気づいた。彼は行きつくことがないとさえ思われる記憶の底へと降りてゆき、その眩暈のなかから失われていた思い出を引き上げることに成功した。夢ならばともかく、おそらく、いまだかつて見たことがないためだろう、それは雨に濡れた金貨のように煌いた。

その思い出というのはこうだった。他の少年に侮辱された彼が父のところへ行ってそのことを訴えると、父は分かっているのかいないのか、身を入れて聞くようすもなく好きに喋らせていたが、やがて、力強さにあふれた、みごとな青銅の短刀を壁から取りはずして来た。それは、かねてから少年が窃かに欲しいと思っていたものだった。今その短刀が手のなかにある。思いがけずそれが自分のものになった喜びで、受けた侮辱も忘れてしまった。ところが、そのとき父が言った。「お前が男だということを、相手に思い知らせてやれ」。その声には有無を言わさぬものがあった。闇で道がよく見えなかった。不思議な力を秘めていると思われる短刀を抱きしめて、彼はわが家を取り巻いている急な斜面を下った。そしてアイアス[*3]とペルセウス[*4]を夢みながら海辺へと走り、潮の匂い

*3―ギリシア神話の英雄で、サラミスの軍隊を率いてトロイア戦争に加わり、オデュッセウスの狡智に対してその剛胆を謳われたテラモンの子アイアス。

*4―ギリシア神話で、ゼウスとダナエーの子。女怪メドゥーサを退治。

のする夜の闇を格闘と刀創で塗りこめた。現在求めているのは、まさにあの瞬間の感覚だった。その余のこと、つまり決闘の申し入れやぶざまな格闘ぶり、血で汚れた刃を下げて辿る家路などはどうでも良かった。

この思い出から、やはり夜の闇と危険にかかわりがある、別の思い出が甦った。一人の女、神々から与えられた最初の女が地下の墓地の闇のなかで待っており、彼はその姿を、石の網のような回廊や闇に沈んでいく斜面で、しきりに探しているのだった。今になってなぜ、そうした記憶が甦るのだろうか？　甦りながら、単なる現在の予示のように、苦悩を伴わないのはなぜだろうか？

激しい驚きに打たれながら彼は悟った。現に彼がそこへ降りてゆきつつある、断末魔の眼のこの闇のなかでも、愛と危険は彼を待っているのだ。アレス[*5]とアフロディーテ

＊5―ギリシア神話で、血腥い殺戮と戦いの神。ローマ人によってマールスと同一視された。

テー[*6]が待ち受けているのだ。なぜならば、栄光と六歩格の声を、神々も救いえない寺院を護る男たちや愛する島の影を海上に求める黒い帆船の声を、彼の運命は歌うことであり、人類の記憶の凹面にその響きを残すことであるという『オデュッセイア』や『イーリアス』の声を、すでに彼は予知していたからだ(早くもそれに取り巻かれていたが故に)。われわれもそこまでは知っている。しかし、彼が究極の闇に降りてゆきながら感じたこと、それは分からない。

*6—ギリシア神話で、愛と美と豊穣の女神。

Dreamtigers——夢の虎

幼いころ、わたしは熱烈に虎にあこがれた。パラナー河*1のホテイソウの浮州や入りくんだアマゾン河の奥地に棲息する、斑《まだら》のそれではなく、戦士でさえ象の背に築かれた城からのみ立ち向かうことのできる、縞模様の、アジア産の、王者のごとき虎にである。わたしは、動物園の檻の前にいつまでも立っていたものだ。大部の百科事典や博物学の書物も、挿画の虎のできの良し悪しで評価した(今でもそれらの挿画を記憶している。女性の額や微笑をはっきりと思い出すことのできないわたしが)。少年時代が過ぎて、虎たちも、彼らへのわたしの情熱も衰えたが、それでも、

*1―ブラジル、パラグアイ、アルゼンチンを貫流して最後にラ・プラータ河に注ぐ、全長四五〇〇キロに及ぶ大河。

虎はいまだにわたしの夢に現われる。その鉱脈の冠水や渾沌のなかで勢いを誇っている。だから、眠っていて何かの夢に心を奪われそうになると、わたしはただちに、これは夢だと気づいて、いつもこう考える、これは夢、気のゆるみ、わたしには無限の力があるのだ、ひとつ虎を呼び出すことにしよう、と。

ああ何と無力なことか！　わたしの夢は決して、願いどおりの猛獣を生みだせない。なるほど、虎は現われる。しかし、それは剝製にすぎない。弱々しい。形が妙に崩れている。大きさが気に喰わない。余りにも早く消える。或いは、何となく犬や小鳥めいて見える。

ある会話についての会話

A—「わたしたちは不死についての議論に熱中して、夜になったというのに、灯を点けることさえ忘れていた。互いの顔がよく見えなかった。熱っぽい口調よりも説得力のある淡々とした穏やかな声で、マセドニオ・フェルナンデス[*1]は、霊魂は不滅である、とくり返していた。彼の主張は、肉体の死はおよそ取るに足らぬことであり、死こそは人間の身に起こりうる最も無意味な出来事にちがいないということだった。わたしはマセドニオのナイフを開いたり閉じたり、おもちゃにしていた。近所からアコーデオンの奏でる「ラ・クンパルシータ」が、だら

*1—アルゼンチンの作家(一八七四—一九五二)。一九二一年にヨーロッパから帰国したボルヘスを迎えて前衛誌「プロア(船首)」(一九二二—二六)を創刊。アルゼンチンの形而上的な詩の第一人者で、ボルヘスからスペイン時代のラファエル・カンシノス=アセンス(一八八三—一九六四)に代わり師表と仰がれた。

だらと、きりもなく聞こえていた。古いものだというでたらめな話[*2]を信じて、今でも多くの人間がこの深刻ぶったくだらない歌を好んで聞くらしいが……わたしはマセドニオに、いっそ自殺でもするか、議論にじゃまが入らなくていい、と持ちかけた……」

Z―（からかうように）「でも結局、決心がつかなかったというわけだ」

A―（いかにも秘密めかして）「率直に言って覚えていないのだ、あの晩、実際に自殺をしたのかどうか」

*2―ウルグアイ出身の学生、ヘラルド・エルナン・マトス・ロドリゲスが一九一六年ごろに作曲したと言われる「ラ・クンパルシータ」は、その過度の感傷性ゆえにボルヘスに嫌悪された。

爪

昼間は柔順な靴下にかしずかれ、鋲を打った革靴に守られながら、わたしの足の指はその事実を認めようとしない。彼らは爪を伸ばすことにしか関心がない。透明で柔らかい角質の膜。しかし、いったい誰から身を護ろうというのだろう？　愚かで疑り深い、孤独な彼らは、一瞬も怠らずにその脆弱な武器を整備する。外界や満足を拒んで、役に立たない爪の先を無限に伸ばしつづける、ゾーリンゲン産の鋏の奇襲に遭って、何度でも摘み切られることを知りながら。胎内に閉じこめられていた暗い十月十日が過ぎたとき、彼らが始めた唯一の仕事がそれだった。枯れた花やお守り札が供えられているが、ラ・レコレタの墓地[*1]の灰色の廟にわたしが納められたときも、腐敗がその力を抑えるまでは、彼らは執拗に仕事を続けるにちがいない。彼らと、この顔の鬚は。

*1―ブエノスアイレスの北部の一角に在り、おおむね裕福な名家の豪華な大理石造りの霊廟が立ち並んでいる。死後のボルヘスはジュネーヴの由緒あるプランパレ墓地に埋葬され、この予告を裏切った。

覆われた鏡

イスラーム教の説くところによれば、最後の審判の日、生あるものの姿を永らえさせた者はすべて、その作品をたずさえて呼び出され、それに命を与えるよう命じられるが、失敗してともに劫火に投じられるという。わたしはすでに子供のころに、現実の妖しい複写もしくは増殖のこの恐怖を味わった。不可謬かつ持続的な鏡の機能、鏡によるわたしの動作の追跡、鏡の宇宙的なパントマイムなどは、夜の訪れとともに薄気味わるいものになった。神や守護天使に向けられたわたしの執拗な祈りの一つは、鏡の夢をみないように、ということだった。今もよく覚えているが、わたしは不安な気持ちで鏡を見張っていたものだ。あるときは、鏡が現実の外へ出ることを恐れ、またあるときは、説明のつかない不幸な出来事のために歪んだわたしの顔が、そこに映っているのを見ることを恐れた。ふたたびそうした不安を抱くべきものが、奇妙なことに、外の世界にあることを、今のわたしは知っているが。話はきわめて単純で、しかも不愉快なものである。

一九二七年ごろ、わたしは陰気な感じのする一人の娘と知り合った。最初、電話で話をし(フリアはまず、名前も顔も分からぬ声として存在したのだ)、それからある日の夕方、街角で会った。彼女はびっくりするほど大きな眼をしていて、すなおな髪は黒く、体は堅かった。わたしが統一派[*1]の血筋を引いているのに対して、彼女は連邦派の

*1―独立戦争後のアルゼンチンで、ヨーロッパとの交通によるブエノスアイレスの政治的・文化的優越を基礎に、中央集権を主張した進歩的な党派。一方、主として内陸部で植民地以来の伝統的もしくは土着的な価値を重んじ、地方分権に固執したのが保守的な連邦派。六十年に及ぶ両派の抗争のなかで、特に後者による無惨な迫害がくり返された。

一族の孫であり曾孫だった。血に潜んだこの古い不和も、わたしたちにとっては絆であり、より強い愛国心の源だった。彼女は、ひどく天井の高い殺風景な屋敷のなかで、零落した名家によくある不平の多い退屈な日々を、家族とともに送っていた。午後になると（ごくまれには夜ということもあった）、わたしたちは連れ立って、彼女の住んでいるバルバネラの町を散歩した。よく、鉄道線路の高い塀に沿って歩いたものだ。一度だが、サルミエント大通り[*1]を抜けて、山を切り崩して造られた独立記念公園まで足を伸ばしたこともある。わたしたち二人のあいだには愛はなかった。見せかけの愛すらなかった。わたしは彼女のなかに色気にはおよそ無縁な気の強さを感じ、それに恐れを抱いた。お互い打ちとけるために、本当のことであれ嘘であれ、子供だった昔のころの話を女性にす

＊1―パレルモ地区の動物園沿いに走るこの大通りの端には、不出来と言われるロダン作（一九二）の大統領の彫像が立っている。

るのが習慣のようである。わたしも一度、例の鏡の話を彼女にしたように思う。確か、一九二八年のことだ。そしてその結果、わたしは、一九三一年に入って悪化する幻覚の原因を作ってしまったのだ。つい最近知ったことだが、彼女は完全に発狂し、その寝室の鏡は布で覆われているという。そこを覗いても自分の姿はなく、代わりにわたしの姿が見えるのだそうだ。彼女は口もきけず、ただ慄えるばかり。やがて、わたしが魔法の力を借りて追ってくる、と口走るらしい。

わたしの顔、かつてのわたしの顔の一つに押しつけられた、何とも不運なこの屈従。わたしの面貌に振り当てられたこの呪わしい宿命は、わたし自身をも憎悪すべきものに変えてしまうかもしれない。だが、それももはやどうでもよいことだ。

Argumentum ornithologicum——鳥類学的推論

眼を閉じると鳥の群れが見える。映像は一秒そこそこしか持続せず、見えた鳥の数もはっきりしない。その数は限定されたものだったのか、それとも限定されないものだったのか？　問題は、神の存在というそれを含んでいる。神が存在するとすれば、その数は限定されたものである。神は、わたしが何羽の鳥を見たかをご存知だから。神が存在しないとすれば、その数は限定されたものではない。誰もそれを数えることはできなかったのだから。この場合、わたしが見たのは一羽以上、十羽以下の鳥であると仮定しても、それは、九羽、八羽、七羽、六羽、五羽、四羽、三羽、或いは二羽だったことを意味しはしない。わたしが見たのは、飽くまでも十と一の中間の数であって、九、八、七、六、五……のいずれでもないのだ。問題の整数の推測は不可能であり、故に《エルゴ》、神は存在する。

捕えられた男

フニン[*1]かタパルケン[*2]で聞いた話である。ある襲撃[*3]のあと、一人の子供が行方不明になった。インディオに拐されたのだろうということで、両親は捜索に手を尽くしたがその甲斐がなかった。それから長い歳月がたち、奥地から戻ってきた一人の兵隊が、碧い眼のインディオを見かけた、お宅のお子さんでは、と教えてくれた。結局、両親は問題のインディオにめぐり合い（前後の状況は記録に残っていないが、勝手な想像は慎みたい）、わが子に間違いないと認めた。砂漠と野蛮な生活に馴染んだインディオは、もはや幼いころに習い覚えた言葉を聞き分けることもで

*1―ブエノスアイレスの北東に位置する、サラード河沿いの小都市。

*2―ブエノスアイレス州の南東部、タンディル丘陵地帯の一角を指す。

*3―原語の malón はアラウカノ族のことばからの借用。アルゼンチンやウルグアイ、チリで入植者の集落を襲って窃盗や略奪、殺人などを働くインディオの行動を指した。

きなかったが、まるで他人ごとのように、言われるままに屋敷までついて来た。そしてその場で立ち止まった。おそらく、ほかの者が立ち止まったからだ。いったい何だろうというような顔で、彼はじっとドアを見つめていたが、不意に顔を伏せた。小さな叫びを上げ、玄関と二つの広い中庭を走りぬけて、台所に飛び込んだ。そして少しもためらわずに、煤けたフードの下にその腕を差し込んで、子供のころそこに隠した角の柄の小さなナイフを取りだした。男の眼は喜びに輝やいた。両親もわが子に巡りあえたというので泣いた。

この記憶に続いて他の記憶も甦ったにちがいないが、壁に囲まれた生活に耐えきれなかったのだろう、ある日、インディオは砂漠を求めて姿を消した。ただ一つわたしが知りたいと思うのは、過去と現在とが重なり合ったあの眩暈の一瞬に、彼がいったい何を感じたか、ということである。また、失踪していた息子があの恍惚の瞬間に蘇生し、ふたたび死んだのか、ということである。或いは、せめて赤子か仔犬の程度にでも、両親やわが家を思い出すことができたかどうか、ということである。

まねごと

一九五二年七月のある日、例の喪服の男はエル・チャコ[*1]のその寒村に姿を現わした。痩せて背が高く、インディオめいたところがあって、顔は白痴か仮面のもののように無表情だった。人びとは丁重に迎えたが、それは彼そのものよりも、彼が表わしている、或いは彼のそのときの身分への配慮からであった。彼は、川に近い一軒の小屋を場所として選んだ。村の女たちの助けを借りて、二つの台に一枚の板をのせ、ブロンドの髪の人形が入ったボール箱を置いた。さらに、丈の高い燭台に四本の蠟燭をともし、まわりに花を添えた。間もなく大勢の人間が

*1―アルゼンチン北部の州。

集まってきた。悲嘆に暮れた老婆やぽかんと口をあけた子供、恭々しくヘルメットを取った農夫たちが箱の前を通りすぎながら、こうくり返した。「将軍、心からお悔み申します」。その将軍は妊婦よろしく腹の上に両手を重ね、悲痛な面持ちで上座に立って挨拶を受けていた。右手を伸ばして差し出された相手の手をにぎり、気丈さと諦めの入りまじった口調で答えた。「寿命だろう。手は尽くしたのだから」。ブリキの金箱に二ペソずつの喜捨の金が投げ入れられたが、一度では足らず、二度までその前に立つ者も多くいた。

(不思議でならないが)こんな葬式のまねごとを思いついて実行に移すことができるのは、いったいどういう種類の人間だろう? 狂信者か? 哀れな恥知らずか? 幻覚に憑かれた者か? 詐欺師か? それとも、すね者か？　妻を失った陰気な男という悲しい役を演じながら、彼は自分をペロン[*2]だと思い込んでいたのだろうか？　信じがたい話だが、これは事実あったことである。それもどうやら一度ではない。役者と場所を変えて、何度もくり返されたのだ。この葬式には、一つの非現実的な時代の謎を解くための完全な鍵が潜んでいる。それは言わば、ある夢の影であり、『ハムレット』の劇中劇のようなものである。喪服の男はペロンではなく、ブロンドの髪の人形はその妻のエバ・ドゥアルテ[*3]ではなかった。しかし同様に、ペロンはペロンではなく、エバはエバではなかった。彼らは、庶民の人の好さや心の優しさに付け込んで愚かしい神話をでっち上げた、未知の、或いは匿名の人間（彼らの秘密の名前と真の顔はわたしたちには分からない）であったのだ。

＊2―フアン・ドミンゴ・ペロン（一八九五―一九七四）。一九四六年から一九五五年、そして一九七三年以降と、二度にわたりアルゼンチン大統領となったこのファッショ的な軍人政治家とボルヘスとの関係は最悪。前者はボルヘスから図書館員の職を奪っただけでなく（一九四七）、その母を自宅軟禁し、妹と甥の一人を拘留の憂き目に遭わせた。

＊3―アルゼンチンの政治家（一九一九―五二）。女優であった一九四五年にペロンと結婚。翌年に夫が大統領となるやいなや政事に介入し、《エビータ》と呼ばれるような大衆的人気を得た。

デリア・エレーナ・サン・マルコ

わたしたちはエル・オンセ[*1]のとある街角で別れた。別の小道に入ってから、わたしは後ろを振り返った。あなたの顔もこちらを向いており、あなたは別れのしるしに手を振った。

車や人が河のように二人のあいだを流れていた。ある日の午後の五時ごろだったが、あの流れが越えることのできない悲しいアケローン[*2]だとは、わたしはついに気付かなかった。

ふたたび会うこともなく、あれから一年後にあなたは亡くなった。

*1―ブエノスアイレスでも最も古い広場の一つである。ボルヘスの古い記憶のなかでは馬車の往来のみと結びついていたが、後には賑やかな商店街となる。カフェ〈ラ・ペルラ〉ではマセドニオ・フェルナンデスとよく顔を合わせた。

*2―ギリシア神話で、渡し守カローンの舟によって死者が渡らねばならない冥界の河。

こうして今、わたしはあの記憶を探り、それに眼を凝らす。そして思う、記憶は当てにならない、さりげない別れの背後に、永遠の別離が潜んでいたのだ、と。

昨夜、わたしは食後の散歩を止めて、こうした事柄を理解するために、プラトーンがその師の口を借りて述べた最後の教えを読みなおしてみた。それによれば、肉体が死ねば霊魂は離れていくという。

そこから引き出される不吉な解釈に真理が含まれているのか、或いは無心な別れのなかにそれがあるのか、今のわたしには何とも言えない。

なぜならば、仮に霊魂が死なないとすれば、別れというものを大仰に考えることはないわけだから。

さよならを口にするのは、別離を否定すること、すなわち「今日は別れる振りをしても、どうせ、明日また会うのだ」と言うことだ。人間が別れのことばを思いついたのは、偶然に授かった、はかない命と思いつつも、やはり何らかの意味で、自分は不死の存在だと知っているからなのだ。

デリアよ、どこかの川のほとりで、いつか、このあやふやな会話の続きをしたいものだ。平原に呑まれてしまいそうな都会のなかで、かつて二人がボルヘスとデリアであったのかどうか、そのことをお互い確かめあうことにしよう。

死者たちの会話

一八七七年冬のある朝、男はイギリスの南部からやって来た。赤ら顔。でっぷり肥った逞しい体。ほとんどの者が彼をイギリス人だと信じたのも無理からぬことで、実際に、典型的なジョン・ブルを思わせるものが彼にはあった。山高帽をかぶり、前が開いた奇妙なウールの外套をはおっていた。一団の男女や子供たちが熱心に彼を待っていたが、その多くは咽喉をひと筋の赤い線が走っており、さらにほかに、頭部が欠けていて、あたかも闇のなかを進むように用心深く、おぼつかない足取りで歩いている連中がいた。彼らは遠来の客のまわりに集まった。

後ろで罵り声を上げる者がいたが、昔の恐怖に押し止められるのか、それ以上のことはしなかった。黄色っぽい肌と燠火のような眼をした一人の軍人が一同を搔き分けて前へ出た。乱れた長髪と陰気な顎ひげで、ほとんど顔は隠されていた。また、十ヵ所か十二ヵ所もの傷が虎皮の縞のように全身を深くえぐっていた。客はその姿を認めると表情を変えたが、やがて前へ進みでて、手を差しのべながらきびきびした口調で言った。

「実につらい、裏切り者の手にかかって果てた勇士の妖怪じみた姿を見るのは！　しかし暗殺者たちに、ラ・ビクトリア広場[*1]の絞首台で罪の償いをさせるよう命令したことを、ぼくは今も秘かに満足に思っている！」

「サントス・ペレスやレイナフェ一族を指しているのであれば、実は、ぼくは連中に感謝しているくらいだ」

*1―同名の通りはフロリダによってその地位を奪われるまで、ブエノスアイレスで最も賑やかなショッピング・センターだった。

*2―フアン・ファクンド・キローガ。アルゼンチンの軍人（一七九三―一八三五）。勇猛を謳われ《平原の虎》の名がある。

*3―フアン・マヌエル・オルティス・デ・ロサス。アルゼ

と血塗れの男は落ち着いた態度でゆっくり答えた。

冗談か脅迫ではないかと疑うように相手は顔を窺った
が、キローガ[*2]はそれに構わずことばを続けて、

「ロサス[*3]、きみには、ぼくという人間が分かっていない。いや、分かるはずがないんだ。二人の運命は全くちがっていたのだから。きみはめぐり合わせで、その顔をもっぱらヨーロッパに向け、いずれ世界に聞こえた大都市の一つになる、ある町を支配することになった。ところが、ぼくは貧しいガウチョ[*4]の住む貧寒な土地で、アメリカの辺地で、戦闘に明け暮れしなければならなかった。ぼくの領国は長槍と喊声のそれであり、砂だらけの荒地であり、僻遠の地における、およそ人に知られることのない勝利だった。これで、どうして名を残すことができるだろう？　ぼくは長の年月、人びとの記憶のなかに生

ンチンの軍人政治家（一七九三―一八七七）。連邦派の首領の一人として二十余年にわたり絶大な権力を振るったが、一八五二年にカセロスの戦いに破れ、イギリスで客死。

*4―スペイン人と黒人、そして／あるいはインディオの混血である牧夫。貧しいが大胆で自由を誇るこの種族も、牧場と牧場を囲いこむ鉄のフェンスが持ちこまれると、一九世紀末には伝説的な存在と化した。アルゼンチンとウルグアイとブラジルの国境の接する一帯が誕生の地で、そこでは「ガウーチョ」と呼ばれる。「逃亡者」や「家畜泥棒」を指すが、さらに語源をさかのぼればグアラニー族のことばでcaicho、すなわち「飲んだくれ」を意味する。

き延びてきた。これからも生き延びるだろうが、それは、バランカ・ジャコと呼ばれる地所を馬車で通りかかったとき、サーベルで武装した騎馬の男たちに襲われて非業の死を遂げたからだ。この勇敢な最期もきみのお蔭なのだが、あのときのぼくには、それが分からなかった。しかし、後世の人びとはあの出来事を忘れようとはしない。非常にみごとな石版画や、尊敬すべきサン・フアン生まれ[*5]の男[*6]が書いた興味深い書物は、きみも知らないはずはない」

平静さを取り戻していたロサスは冷たい眼で相手を見ながら、言い放った。

「いや、きみはロマンチストだ。死後の名声は現世のそれ以上に価値はない。これ自体が一文の値打ちもないもので、勲章を二つか三つもらえば、それで得られる」

*5—ブエノスアイレスの北西、アンデス山脈の麓に広がる同名の州の首都。

*6—アルゼンチンの政治家、作家、ドミンゴ・ファウスティノ・サルミエント(一八一一―八八)。キローガの評伝『文明と野蛮。ファン・ファクンド・キローガの生涯。アルゼンチン共和国の自然、風俗、習慣』(一八四五)で知られている。大統領(一八六八―七四)を務めたこともあるこの人物について、ボルヘスは「我が国の産んだ最も重要な人間」であり、その主著を「我々がこれを国民必読の書に選んでいたら、我々の運命は別の、より良いものになっていただろう」とまで称揚している。

「きみの考え方はよく知っている」とキローガは応じた。「一八五二年のことだった。寛大な運命は、いや、きみをとことん試すつもりの運命は、戦場で男らしく死ぬ機会をきみに授けた。ところが、戦闘と血に怖気づいたせいで、きみはその贈物にふさわしくない振る舞いをした」

「怖気づいた、だと?」ロサスはおうむ返しに言った。「南部では荒馬を馴らし、後には一国を圧しひしいだ、このぼくだぞ」

キローガは初めて微笑し、ゆっくりと答えた。

「依怙贔屓のない監督や人足たちの証言によれば、きみは馬の扱いにかけては非凡なものがあったらしい。しかしあの当時のアメリカ大陸では、チャカブコ[*7]やフニン[*8]、パルマ・レドンダやカセロス[*9]といった土地で、同じよう

*7―一八一七年、ラテンアメリカ独立の英雄でペルーとチリの解放に力を尽したホセ・デ・サン・マルティン将軍(一七七八―一八五〇)がスペイン軍を撃破したことで有名な、チリの山岳地域。

*8―主としてラテンアメリカ北部の独立を主導したシモン・ボリバル将軍(一七八三―一八三〇)による一八二四年の大勝で知られている、ペルーの同名の湖の周辺の町。

*9―ブエノスアイレス南部のコンスティトゥション広場に近い通り。パルマ・レドンダについては不明。

な颯爽たる姿が見られたのだ」

ロサスは顔色も変えずに相手のことばを聞いていたが、やがてこう答えた。

「ぼく自身が勇敢である必要はなかった。きみのことばを借りればだが、ぼくに非凡な点があるとすれば、それは、もっと勇敢な男たちをしてぼくのために戦わせ、命を投げ出させたことだ。一例だが、きみの命を絶ったサントス・ペレスがそうだった。勇気とは要するに忍耐だ。忍耐力は人によって違いがあるけれども、遅かれ早かれ、みんなが挫けてしまうのだ」

「そのとおりかも知れない」とキローガは言った。「しかし、ぼくは生と死の二つを経験してきたが、今日まで恐怖の味は知らない。今やぼくは、人びとの記憶から抹殺され、別の顔と運命を与えられようとしている。歴史は暴力的な人間であふれているからだ。その別の男が何者なのか、このぼく自身はどうなるのか、そいつは知らない。だが、彼が恐怖心を持たないだろうということ、これは確かだ」

「ぼくは、この自分に満足している」とロサスは答えた。「別の人間になりたいとは思わない」

キローガは言った。「石だって永久に石でありたいと思っている。そして事実、何百年かは石のままでいられるが、最後には砕けて土になる。死の世界の住人になったときは、ぼくもきみのように考えたが、ここで多くのことを学んだのだ。いいかね、ぼくら二人はすでに姿を変えつつあるんだよ」

しかし、ロサスはそのことばを無視して、独りごとのように呟いた。

「ぼくがまだ死人であることに慣れていないのかもしれない。だがこの場所も、この議論も、ぼくには夢としか思えないのだ。それも、ぼく自身がみている夢ではない。これから生まれようとする別の人間によって夢みられる夢、だよ」

それ以上話しているわけにはいかなかった。ちょうどその瞬間に、何者かが二人の名を呼んだからである。

陰謀

友人たちのいらだつ短剣に追いつめられていたカエサルは、寵臣であり、わが子とさえ思っていたマルクス・ユニウス・ブルトゥスの顔を、その身に迫る白刃や人びとのなかに認めて、恐怖のどん底に突き落とされた。身を護ることすら忘れて、彼は絶叫した。「ブルトゥスよ、お前もか！」シェイクスピアとケベード*1がこの悲痛な叫びをその作品に借りている。

　運命というものは反復や変異や相称をよろこぶ。あれから千九百年後、ブエノスアイレス州の南部で、一人のガウチョが他のガウチョらに襲われた。倒れるとき、そ

*1―フランシスコ・ゴメス・デ・ケベード・イ・ビリェガス。スペインの作家(一五八〇―一六四五)。『マルクス・ブルトゥス伝』(一六四四)の作者。悪漢小説『ドン・パブロと名のるペテン師の生涯』(一六二六)でよく知られているが、本来はゴンゴラと並ぶバロック詩人で、ボルヘスは「文人中の文人」と呼んだ。

こに名付け子の顔を認めた彼は、ゆっくりと襲う驚愕のなかから、穏やかな非難をその声にこめて叫んだ(このことばは聞くべきであって、読むべきものではない)。「ペロ、チェー！」[*2] 彼は殺されたが、同じ一つの場面が反復されるために死ぬのだということは知らなかったはずである。

*2―あえて原文を引けば ¡pero che! であり、「なんだ、てめえ！」の意味。pero はありふれた強意語だが、che は一七世紀の末葉、ブエノスアイレス周辺で主に召使の仕事についていたグアラニー族の間で生まれたことば。第二人称単数形の主語代名詞 tú に替わる俗語である。

一つの問題

アラビア語で書かれた一枚の紙片がトレドで発見され、古文書学者はそろって、これこそはセルバンテスがドン・キホーテなる人物を借りた、あのシーデ・ハメーテ・ベネンヘリ直筆のものである、と断定したと仮定してみよう。テクストによれば、主人公(周知のとおり、彼は剣と槍をたずさえてスペイン各地を遍歴し、折さえあれば誰彼なく戦いを挑んだ)は数知れぬ戦いの一つが果てたその直後に、一人の男の命を絶ったことを悟ったという。断片はここで終わっているが、問題は、ドン・キホーテがどのような反応を示したか、それを臆測もしくは推理することである。

わたしの考えでは、三つの解答が可能である。第一のそれは否定的だ。ドン・キホーテの幻覚の世界では、死は魔法に劣らずありふれた出来事であり、一人の男の命を絶ったという事実も、怪物や魔法使と戦っている、或いは戦っていると信じる者の心をかき乱すはずはないので、特別なことは何も起こらなかった。第二の解答は感動的だ。ドン・キホーテは、己れが空想的な物語の読者であるアロンソ・キハーノの影だということを忘れられなかった。死をその眼で見たこと。ある夢に駆られてカインの罪を犯したという自覚。それは彼を、ひとりよがりな狂気から永久に目覚めさせることになった。第三の解答はもっとも真実を衝いていると思われる。あの男が死んでも、ドン・キホーテは、その恐るべき行為が幻覚のなせる業だということを認めえなかった。結果としての現実は、これに伴うべき原因としての現実を彼に予想させずにはいなくて、ドン・キホーテは絶対にその狂気から逃れられないだろう。

さらに別の推理もなり立つが、これはスペイン、まして西欧といった場と相容れないもので、より歴史の古い、より複雑な、より疲弊した世界を必要とする。ドン・キホーテ(彼ももはやドン・キホーテではなく、ヒンドスタンの伝説中の王である)は敵の死体を前にして、命を絶つことも命を授けることも、明らかに人間の条件を超える、神聖な、或いは魔術的な行為であることを直感する。その手に下げた血塗られた剣や、彼自身や、その過去の生活のすべてや、無数の神々や、宇宙などと同じように、死者も幻であることを知るのだ。

黄色い薔薇

（彼にとって親しいイメージを使えばだが）ファーマ[*1]が口をそろえて、新しきホメーロス、新しきダンテと呼んだ、かの高名なジョヴァンニ・バッティスタ・マリーノ[*2]は、あの午後にも、また翌日の午後にも死にはしなかった。しかし、あのとき静かに生じた動かせない事実は、それが彼の生涯の最後の出来事だったということである。齢を重ねて栄光に包まれた彼は、柱に彫刻の施されたスペインふうの大きなベッドで死を迎えようとしていた。想像するのは容易なはずだが、数歩を隔てたところに西を向いた静かなバルコニーがあり、下には、大理石や月桂

＊1―ローマ神話で、噂や世論の擬人化された女神。無数の耳目をもち、速やかに飛ぶことができる。

＊2―イタリアの詩人（一五六九―一六二五）。マリニズモもしくはコンチェッティズモと呼ばれる一七世紀バロック詩の一派を創始した。代表作は四万行を超える恋愛叙事詩の『アドーネ』（一六二三）。

樹、長方形の水に階段を映している庭園などがあった。一人の女によって高杯に黄色い薔薇が投げ入れられていた。彼は、正直な話、彼自身にもいささか退屈なしろものになっていたが、つい口を突く詩を唱していた。

庭園の紫衣、牧場の栄華、
早春の宝玉、四月の明珠……

そのとき啓示があった。楽園のアダムも見ることができたはずだが、マリーノは薔薇を「見た」。そして、薔薇は彼のことばのなかではなく己れの永遠のなかに生きていること、薔薇を記述や暗示することはともかく、表現することはできないこと、また広間の隅に黄金の影を落としている、うずたかい、誇らかな書物は（彼の夢みたような)世界の鏡ではなく、世界に添えられた、さらに一つの物でしかないことを悟ったのだった。

この啓示をマリーノが受けたのは死の直前である。おそらく、ホメーロスやダンテもそうだったにちがいない。

証人

新しい石造の教会の影にほぼ包まれた馬小屋でのこと。灰色の眼とごま塩の鬚の男が、動物の臭いが漂うなかに横たわりながら、眠りを待つ人間のように慎ましく死を待っている。この貧相な場所で、無量の秘密の法則に忠実な昼は少しずつ影を移動させ、重ね合わせていく。外には、よく耕された畑や落葉で埋まった溝があり、森が始まるあたりの黒い土に印された、狼の足跡らしいものがある。置き忘れられたように男は眠り、夢みている。やがて祈りの鐘が彼を目覚めさせる。イギリスの各王国では、すでに鐘の音は夕景に欠かせぬものの一つとなった。しかし、男は子供のころにオーディン[*1]の顔を知り、畏怖と歓喜を味わい、ローマの貨幣や重い衣裳で飾られた荒削りな木像を眺め、馬や犬や捕虜といういけにえを見てしまっていた。夜の明け切らぬうちに彼は死に、その彼とともに、異教的な儀式の直接的なイメージも死んで、甦ることはないだろう。このサクソン人が息絶えるとき、ほんの少しだが世界は貧しくなるのだ。

あたりに充ちており、何者かが死んだときそれ自身の終焉を告げる鐘を打ち鳴らすもろもろの事実は、わたしたちを驚嘆させるかもしれない。しかし一つの物が、或いは無限の数を誇る物が、それぞれ苦悶のうちに息絶えていくのだ。見神論者たちが推測したように、宇宙の記憶というものがあれば別だが。時間の流れのなかには、キリストの姿を見た最後の眼を消した一日がある。フニ

*1―北欧神話で、知識、文化、戦争、死者などを司る最高神。

ンの戦いもヘレネー[*2]の恋も、一人の男の死とともに死んだ。わたしが死んだら、果して何が、わたしとともに死んでいくのだろうか？　はかなく哀れなものの何を、世界は失うのだろうか？　マセドニオ・フェルナンデスの声か？　セラーノ[*3]やチャルカス[*4]の空地で見た葦毛の馬のイメージか？　マホガニーの机の引き出しのなかの硫黄の塊か？

＊2―ギリシア神話で、ゼウスとレーダーの娘。パリスが連れ去ったためにトロイアの戦いが生じた。
＊3―ボルヘスが幼年時代を送ったパレルモ地区の通りの一つ。
＊4―ブエノスアイレスの「最もお高く止まった」北地区の通りの一つ。

マルティン・フィエロ*1

精鋭と思われる軍がこの町から進発し、やがて赫々たる武勲によってそれが事実であることを示した。数年後、兵士たちの一人が帰郷、イトゥサインゴー*2やアヤクチョ*3といった戦場で実際にあった出来事を、よその土地の訛りがまじった口調で人びとに語った。今では、そうしたことも無かったとしか思えないが。

この国は二度の専制政治を経験した。最初のそれが行なわれていた時期、エル・プラータの市場から出てきた一台の荷車の御者台に乗った男たちが、白と黄色の桃を買わないかと人びとに呼びかけた。一人の少年が覆いの

*1―アルゼンチンの詩人ホセ・エルナンデス(一八三四―八六)作の、同名の長篇詩の主人公であるガウチョ。

*2―アルゼンチン東北部のコリエンテス州の村。一八二七年二月二〇日、カルロス・マリア・デ・アルベアル将軍に率いられたアルゼンチン＝ウルグアイ連合軍は、この地でブラジル軍を撃破した。

*3―ペルー中部の都市。一八二四年一二月九日、その近郊でホセ・スクレ将軍の率いる軍がラ・セルマ副王の軍を撃破して、スペインからのペルーの独立を確かなものにした。

布の端を持ち上げたところ、顎ひげが血に染まった統一派の者たちの生首が見えた。二度目の時期は、多くの人間にとって投獄と死を、すべての者にとっては不安、日常の行動にも付きまとう屈辱感、絶えることのない屈従などを意味した。今では、そうしたことも無かったとしか思えない。

あらゆることばを心得た人間がいて、この地上の植物や鳥類を細やかな愛情のこもった眼で観察し、おそらく永遠に留めておくためだろう、それらを明確に記述した。また、さまざまな金属の暗喩を用いて賑やかな日没や月のかたちの厖大な記録を物した。今では、そうしたことも無かったとしか思えない。

同様に、ここでも何世代もの人間が、ありふれた、そしてある意味では永遠に変わらぬ、芸術の素材となるべき運命の浮沈を経験した。今では、そうしたことも無かったとしか思えないが、しかし一八六〇年代のあるとき、一人の男がホテルの部屋で決闘の夢をみた。突き上げるガウチョのナイフで、黒人は骨の袋のようにその場に倒れた。ガウチョは相手が苦しみながら死んでいくのを眺めていたが、やがて、身をかがめて刃に付いた血を拭い、つないでいた馬の手綱をほどいて、逃げると思われたくないためだろう、ゆっくりと馬の背にまたがった。かつて起こったこの出来事は無限にくり返される。威風堂々たる軍旅は消えて、残るのは貧寒なナイフの決闘。一人の人間の夢は、万人の記憶の一部なのだ。

変化

ある方角を指示する矢印を廊下で見かけて、わたしは思った、この無害な記号はかつて鉄製であった、それは逃れられぬ死の矢であり、人間や獅子たちの肉に深く喰いこみ、テルモピュライ*1の太陽をかげらせ、ハラル・シグルツソン*2に六フィートの英国の土を永遠に授けたものだった、と。

数日後、ある男からマジャール族の騎手の写真を見せられた。何重にもなったロープがその馬の胸に巻きつけられており、わたしは知った、かつて宙を飛んで放牧場の闘牛を取り押さえたロープも、晴れの日の馬具のこれ

*1—前四八〇年の夏、スパルタ王レオニダスがペルシア軍と戦って壮絶な死を遂げた天険。

*2—ノルウェー王(一〇一五—六六)。デンマークを征圧後、英国に侵攻したが、スタンフォード・ブリッジで戦死。

見よがしの飾り物でしかなくなったことを。

西の墓地[*3]で、赤い大理石に刻まれたルーン文字の十字架を見たことがある。その腕は曲線を描いて広がり、円によって囲まれていた。そしてこの周囲を限られた十字が腕の自由に伸びた別のものを形づくり、これがさらに、ある神が露と消えた絞首台、すなわちサモサテーのルーキアーノス[*4]が《卑しむべき道具》と毒づいたものを表わしていた。

十字架とロープと矢。人間にとって馴染深いこれらの道具も、今ではシンボルの身分に貶められている。或いは祭り上げられてしまっている。しかし、何も驚くには当たらないのだ。忘却によって消し去られるか、記憶によって変化させられるかしないものは、地上には一つとして存在しないのだから。また、未来によって自分がい

*3―ボルヘスの毒舌は「亡者らのスラム」とくさしたが、ラ・レコレタほど豪勢ではないチャカリタを指す。一八七一年の黄熱病の大流行後に造られた。

*4―ローマ帝政期のギリシアの散文作家(一二〇?―一九五?)。シリア人ながらギリシア語に熟達して弁論家として名を成したが、中年に至ってプラトーン風の対話を多く物した。激越な風刺の矛先は宗教にも向けられたために《瀆神者》と呼ばれた。月旅行譚の先駆『真実の話』(一六七頃)が代表作。

かなるイメージに置き換えられるか誰も知らないのだから。

セルバンテスとドン・キホーテの寓話

国王に仕えた老兵士は祖国スペインの地に飽いて、アリオスト[*1]の広大な地理に、夢の空費する時が流れるあの月の谷に、モンタルバン[*2]が奪ったマホメットの黄金像に、その慰めを求めた。

彼は己れへの穏やかな嘲りをこめて、さまざまな不思議の物語を読んで狂気に憑かれ、エル・トボーソやモンティエルと呼ばれる殺風景な土地に功名と魔法を尋ね歩くことになる、一人のばか正直な男を考え出した。

そのドン・キホーテも現実に、スペインに破れ、一六一四年、生まれ故郷の村で死んだ。ミゲル・デ・セルバ

*1―ルドヴィコ・アリオスト。イタリアの詩人(一四七四―一五三三)。フェッラーラ公のエステ家に縁の深い一族の出だが生活のために宮廷に出仕し、その間に詩作に励んだ。同郷のボイアルドの未完の物語詩『恋するオルランド』(一四九五)を語り継いだ『狂乱のオルランド』(一五一六)で知られている。

*2―『ドン・キホーテ』前篇第1章に登場するが、かのローランと並ぶシャルルマーニュ麾下の十二将の一人、ルノー・ド・モントーバンのこと。レイナルド・モンタルバンはそのスペイン名。イスラーム教は偶像崇拝を禁じているから、この略奪は有りえないこと。

ンテスは、それからほんのしばらく生きていたが。

二人にとって、夢みた者と夢みられた者にとって、この物語の核は、騎士道本の非現実的な世界と十七世紀の平凡な日常の世界という、二つの世界の対立だった。

彼らは、やがて歳月が軋轢を消滅させてくれるとは思いもしなかった。ラ・マンチャやモンティエルや痩せた騎士の姿が、未来にとって、シンドバッドの放浪やアリオストの広大な地理に劣らず詩的に感じられるとは疑ってもみなかった。

文学の始まりには神話があり、同様に、終わりにもそれがあるのだ。

一九五五年一月、デボート病院にて。

天国篇、第三十一歌、一〇八行

シチリアのディオドーロス[*1]が打ち毀されて四散したある神について語っている。夕方の散歩の途中で、或いは自分の過去に関わりのある日付を書き留めながら、無限に大きい何かがすでに失われたことを、誰しも一度は感じたはずである。

人間たちは一つの顔を、二度と取り戻せない顔を失い、すべての者が、ローマでキリストの面像を眺めて「イエス・キリストよ。わが神よ。まことの神よ。これが、あなたのお貌でしょうか?」と心から呟いたあの巡礼、天界の《薔薇》のかげで夢みられた巡礼となることを願った。

*1―前一世紀ごろのギリシアの歴史家。エジプトなどを旅した後、ローマに長く留まって、カエサルによるガリア征服までのその歴史を辿った『史書』を物している。

路傍に石の面像と「ハエンの神の真の聖顔」[*2]という碑文がある。実際に、かつてのそれの様子を知ることができれば、さまざまな寓話を解く鍵が与えられるだろうし、大工の子もまた神の子であったか否かが確かめられるにちがいない。

パウロは彼を地に打ち倒した電光として、ヨハネは明るく輝く太陽として、その顔を見た。また、テレーサ・デ・ヘスス[*3]は穏やかな光に浸されたそれをしばしば見たが、その眼の色だけは、ついに見きわめられなかった。

そうした顔の特徴は、すでにわたしたちには失われてしまった。変哲もない数字からなる、魔術的な数が失われることがあるように。一つの映像がカレイドスコープのなかで永遠に消えるように。いや、わたしたちはこの眼で見ていながら、それと気付かないのかもしれない。

＊2―西はコルドバ県、東南はグラナダ県に接する同名の県の首都。

＊3―スペインの跣足カルメル会の創始者で神秘文学者(一五一五―八二)。神との霊的合一を説く『霊魂の城』(一五八八)が主著。他に『完徳の道』(一五八三)がある。

地下鉄で乗り合わせたユダヤ人の横顔が、ひょっとすると、キリストのそれであるかもしれないのだ。窓口で釣り銭をわたす手が、ひょっとすると、かつて兵士たちが十字架に釘付けしたそれの再現であるかもしれないのだ。

ひょっとすると、十字架にかけられた顔のある特徴が、鏡の一枚一枚に潜んでいるのではないだろうか。ひょっとすると、その顔が命を失い、消えていったのは、神が万人となるためではなかったのか。

今夜、夢の迷路のなかでその顔を見ながら、明日はそれを忘れていることも無くはないのである。

王宮の寓話

その日、《黄帝》[*1]は詩人に王宮を披露された。二人は長い供奉を従えて、ほとんど無限の広さを持つ円形劇場の階段のように遊園すなわち庭園に向かって下っていく西の露台を、まずいくつか渡った。庭園に配置された金《かね》の鏡と入りくんだ杜松の生垣はすでに迷宮を予想させたが、二人は嬉々としてそこへ足を踏み入れた。初めは遊びのように楽しんでいたけれども、やがて不安めいたものを感じだした。直線に見える庭園の道がごく軽微ながら連続的に曲がっていて、密かに円を形づくっていたからである。星位の観測と時にかなった亀の供犠のおかげで、

*1―前三世紀に始まる伝説中の中国の帝王。初めて衣服、家屋、舟車、弓矢、薬草などをもたらした、いわゆる文化神である。竜を用いて邪悪な一派を討った後、その背にまたがって昇天を果した。

真夜中になってやっと、二人は魔境と思われるその場所から抜けだすことができた。しかし、最後まで二人につきまとったものだが、道を見失ったという感覚からは逃れられなかった。やがて二人は多くの控えの間や中庭や書庫を通り抜けた。水時計の置かれた六角形の広間を横切った。ある朝、塔のうえから石人の姿を見かけたが、それはたちまち消えてしまった。二人は白檀の軽舟で波のきらめく多くの河を渡った。つまり、一つの河を何度も往来した。《黄帝》の行列が通りかかると、民衆はその場にひざまずいた。ところがある日、一つの島に立ち寄ると、それまで天子の姿を見たことがないせいだろう、跪拝を怠った者がいて、刑吏はその頭を刎ねなければならなかった。黒いかつらや不吉な踊り、手のかかった黄金の仮面を、二人は無感動な眼で眺めた。現実と夢の境界がまぎらわしくなっていたのだ。さらに言えば、現実が夢に現われる形象の一つとなっていたのだ。地上が庭園や細流、建物やみごとな形の品以外のものだとは思えなかった。百歩あゆむごとに、一つの塔が高く聳えていた。人の眼には同じ彩りだったが、最初の塔のそれは黄であり、最後のものは緋色、しかも濃淡が実に微妙で、無限の系列を作っていた。

最後から数えて二番めの塔の下に立ったときである。(すべての者が嘆声を上げる光景にも無関心のように見えた)詩人が短い詩をくちずさんだ。今日のわれわれにとって、それは詩人の名と分ちがたく結びついているが、嗜みある史家たちがそろって述べるところに従っても、その詩こそは彼に不滅の命と死を授けたものだという。テクストは散佚してしまった。一行の作品であったと考える者がおり、わずかに一語からなっていたと主張する者たちもいる。信じがたいが、事実はその詩のなかに、名のある磁器のひと品ひと品、それぞれの磁器に描かれた絵の一つ一つ、たそがれどきの淡い闇とともしび、無涯の過去からそこに住んだ人間や神々や竜の栄えある王朝を襲った、不幸な、或いは幸福な時のすべてを含めて、宏壮な王宮の全体が細部まで歌い込まれていたのである。一同は口を閉して聴いたが、《黄帝》は叫んだ。「よくも余の王宮を奪いおったな！」刑吏の鉄の刀が詩人の命を絶った。

これとは異なった話をする者たちもいる。この世に同一の物がふたつ存在することはできない。(彼らの言によると)詩人が例の詩を口にしたとたん、あたかも最後の音節によって吹き飛ばされたかのように、王宮はかき消えたという。このような物語は、もちろん、すべて作り事にすぎない。詩人は帝王の奴隷であり、奴隷として死んだのだ。彼の詩が忘れられたとすれば、それは、忘れられるのが当然だったからである。子孫の者は今なお宇宙を包含することばを探し求めている。見込みはないはずだが。

Everything and Nothing——全と無

彼のなかには何者も存在しなかった。(当時の下手な肖像画によってでも、およそ他の誰にも似ているところのない)彼の顔の背後には、また饒舌で想像力と感情にあふれた彼のことばの背後には、ただ、わずかな冷気のようなもの、誰にも夢みられたことのない夢しか存在しなかった。最初、彼はすべての人間が自分と同じなのだと信じたが、この空白感をふと口にしたとき相手の顔に浮かんだ怪訝そうな表情を見て、思い違いをしていたことを悟り、個は種から逸れてはならぬという思いを深くした。あるとき、その病いを癒すすべは書物のなかに見出せるのではないかと考え、同時代の人間なら話すであろうと思われる少しばかりのラテン語と、さらにわずかなギリシア語とを学んだ。やがて彼は、人間の基本的な儀礼的行為に自分の求めているものがあるのではないか、と思い、長い六月の日盛りどき、アン・ハサウェイの導きで入門を果した。二十余歳でロンドンへ出たが、そのときすでに、何者でもないという己れの有りようを他人に気取られぬため、何者かであるかのごとく振る舞うすべを身に付けてしまっていた。そしてロンドンで、前世から約束された職業に就いた。彼を別の人間と見なす遊びを楽しむ観衆を前にして、舞台でその別の人間を演じる、俳優という職業である。役者の仕事は奇妙な喜びを、おそらく初めて知る喜びを教えてくれた。しかし、最後の台詞に喝采が送られ、最後の死者が舞台から引き下げられたとたんに、あの呪わしい非現実感がふたたび彼を襲うのだった。彼はフェレックス[*1]やタメルラン[*2]であることを止め、またもや何者でもない存在に戻った。追い詰められたような気持ちで、彼は別の英雄たちや別の悲劇的な物語を想像する結果になった。こうして、肉体がロンドンの娼家や酒場でその肉体としての宿命に従っているあいだも、そこに宿った魂は、卜占官の諫めを聴こうとしないカエサルや、ひばりを忌み嫌うジュリエットや、運命の女神でもある魔女らと荒地で語らうマクベスだった。この男ほど多くの人間であった者はいない。エジプトの王プローテウス[*3]に似て変幻自在、あらゆるものに姿を変えることができた。彼は、その謎を解きうる者はいないと確信して、ときおり作品の片隅に告白めいたものを挟んだ。リチャードは、自分ひとりで多くの人間を演

*1―イギリスの年代記作家ジェフリー・オブ・モンマス(?―一一五五)の著『ブリテン列王史』(一一三九頃)に登場する伝説的な王。

*2―アジアの西半分を版図とする大帝国を築いたモンゴルの王、チムール(一三三六―一四〇九)のこと。

*3―ギリシア神話で、海の老人。海神のポセイドンに仕えて海豹の番をする。変身のみならず予言の能力を備えている。エジプト王とするのはヘロドトスとエウリピデス。

じることができると述べ、イアゴーは、奇異なことばだが、「今ある自分は自分ではない」と言っている。生きること、夢みること、演じることの根本的な一致から想をえて、彼はかずかずの有名な章句を物したのだった。

そのようなよく統御された幻覚のなかで二十年を生きたが、ある朝のこと、彼は突然、刃にかかって斃れるあまたの王や、逢っては別れ、朗々と苦しみを訴えるあまたの不幸な恋人であることに、倦厭と恐怖を抱いた。その日のうちに一座の売却を決意した。一週間たつかたたぬかに郷里へ帰った。そしてそこで、少年時代に馴染んだ木々や流れをふたたびわがものにした。しかし彼はそれらのものを、かつてその詩想によって称えられ、神話的な引喩とラテン語の辞句によって飾られた別のものと結び付けることはしなかった。彼はやはり何者かでなければならず、ひと財産をこしらえて、貸し金や、訴訟や、そこばくの利子に関心を抱く、引退した興業師で通すことになった。われわれが知っている味も素っ気もない遺言書はそうした身分の者として口述したもので、そこからは故意に、感情的もしくは文学的な修辞が排除されている。ロンドンの友人がその隠宅をよく尋ねてきたが、その折には、彼はこの者たちのためにふたたび詩人の役を演じた。

さらに伝えられているところでは、その死の前であったか後であったか、彼は神の前に立っていることを知り、こう訴えた。「わたくしは、これまで空しく多くの人間を演じてきましたが、今や、ただ一人の人間、わたくし自身でありたいと思っております」。すると、つむじ巻く風のなかから神の御声が答えたという。「わたしもまた、わたしではない。シェイクスピアよ、お前がその作品を夢みたように、わたしも世界を夢みた。わたしの夢に現われるさまざまな形象のなかに、確かにお前もある。お前はわたしと同様、多くの人間でありながら何者でもないのだ」

ラグナレク[*1]

夢のなかでは、とコールリッジは説く、映像は一般にそれが惹起すると考えられている感覚を表象する。わたしたちが恐怖を抱くのは、スフィンクスに脅かされるからではない。現に感じている恐怖を理由づけるためにスフィンクスを夢みるのである。仮にこれが真実だとすれば、夢に現われる形象の単なる記録が、その夜の夢を織り上げた驚愕、興奮、不安、脅威、歓喜などを、どうして伝えることができるだろうか？　それでも、わたしはその種の記録を試みるつもりだ。ただ一つの場面がその夢を形づくっているという事実が、おそらく、本質的な困難

*1——北欧神話で、神々と怪物たちがくり広げる終局的な闘争と、その後の全世界の破滅を指す。「神々の運命」がその語義。

さを消すか、和らげるかしてくれるだろう。
　場所は文学部のなか、時刻は夕方だった。(夢ではそれが通例だが)すべてが普段と少しばかり異っていた。物がわずかに大きく感じられた。わたしたちは役員を選挙している最中だった。現実の世界ではとっくに亡くなったが、わたしがペドロ・エンリケス・ウレーニャ[*2]を相手に話をしていると、突然、デモか流しの楽隊のもののような大きな音がわたしたちを驚かした。人間や動物たちの喚きがバホ[*3]の方角から聞こえたのだ。ある者が「お出ましだぞ、あそこだ!」と叫び、それを受けて「神々だ!　神々だ!」という声が上がった。四つか五つの影が群集のなかから進みでて、大講堂の壇上に立った。わたしたちみんなは拍手し、涙さえ流した。何百年にもわたる追放が終わり、神々が帰ってきたのだ。壇上にある

*2—ドミニカの言語学者、批評家(一八八四—一九四六)。長くブエノスアイレスやラ・プラータの大学で教壇に立った。ボルヘスとの共編に『アルゼンチン文学古典選』(一九三七)がある。

*3—正確にはバホ・ベルグラノ。近くのパレルモで開催される競馬のための厩舎がある。

ため大きく見える彼らは、頭をそびやかし胸を張って、尊大な態度でわたしたちの敬意を受けた。おそらく夢のなかの慎ましい植物で満足しているのだろう、一人は小枝を手にしていた。もう一人は鷹揚さを装って、その手を、鋭い爪を差しのべていた。ヤーヌス[*4]の顔の一つが気遣わしげにトート[*5]の曲がった嘴を見ていた。わたしたちの送る喝采に興奮したのだろう、どちらか一方がふいに勝ち誇ったような声で鳴いた。うがいの音のようでもあり口笛のようでもある、信じがたいほど耳障りな声だった。そしてその瞬間から、ようすが一変した。

すべては、神々は話すことができないのではないかという(いささか大仰な)疑念から始まった。何百年にもわたる残酷な散亡の日々は神々の持つ人間的な面を萎縮させてしまったのだ。イスラームの月とローマの十字はこ

*4―ローマ神話で、二つの顔をもつ門の守護神。
*5―べにづるの頭をもち、知恵と学問を司る古代エジプトの神。

れらの逃亡者に苛酷だった。ひどく低い額、黄色い歯、黒白の混血か中国人を思わせる薄い口髭、猷めいた唇などが、オリュンポス[*6]の一族の堕落をはっきりと物語っていた。その衣裳は粗末ながらも上品な清楚さからは遠く、バホの賭博場や娼家で見かける趣味の悪いけばけばしさを感じさせた。ボタン穴のカーネーションは血のように赤かった。ぴったりした上衣の下に短剣を忍ばせているのが分かった。わたしたちは突如として、神々が最後の賭けをやっていること、劫をへた狩りの獣のように残忍で、狡猾で、無智であること、仮にわたしたちが恐怖心や憐憫の情に負けでもすれば、最後には神々によって滅ぼされることを悟ったのだった。

わたしたちは重いピストル(ふいに夢に現われたピストル)を抜き、嬉々として神々を射殺した。

*6—ギリシアのテッサリアとマケドニアの境にあり、太古その山頂に神々が住んだと伝えられる高峰。

地獄篇、第一歌、三十二行

十二世紀も末のことだが、朝のしらしら明けから夜の帷が降りるまで、豹の眼に映るものは、木の板、垂直に並んだ鉄の棒、絶えず入れ替わる男女、高い塀、それに、どうやら枯葉の詰まった石の水吐きだった。已れの憧れているものが、愛と残忍さであり、獲物を八つ裂きにする熱い悦びと鹿の臭いを運ぶ風であることを、彼は知らなかった。いや、知るすべがなかった。しかし、抑えても頭をもたげる何物かがその身内にあり、あるとき、彼は夢に神の御ことばを聞いた。「お前はこの牢獄で生き、そこで死ぬ。わたしの知っている一人の人間が、ある定められた回数だけお前を眺め、決して忘れることなく、お前の似姿とお前の象徴を一篇の詩に書きしるすためだ。その詩は、宇宙のからくりのなかで確かな位置を占めるだろう。お前は虜囚の恥かしめを受けているが、すでにその詩に一語を添えたはずだ」。夢のなかで神は愚鈍な獣に啓示を与え、獣は御ことばを理解してその運命を受け入れたが、しかし夢から覚めたとき、彼の裡にあったのは暗い諦念と貴い無知にすぎなかった。世界のからくりは、猛獣の単純な心にとっては余りにも複雑だからである。

それから歳月が流れて、他の人間と同じような不遇と孤独に悩みつつ、ダンテはラヴェンナで死を迎えようとしていた。夢のなかで神は、彼の生涯と仕事の隠された意図を明らかにされた。ダンテは、自分が何者であり、いかなる人間であるかをようやく悟って驚き、それまでに嘗めた辛苦を祝福した。語り伝えられるところによれば、彼は目覚めたとき、無限に大きなあるものを、取り返すすべのない、いや、垣間見ることすらかなわぬものを受け、失ったと感じたという。世界のからくりは、人間の単純な心にとっては余りにも複雑だからである。

ボルヘスとわたし

さまざまなことがその身に起こっているのは、もう一人の男、ボルヘスである。わたし自身はブエノスアイレスを徘徊し、今では機械的にといった感さえあるが、足を止めて玄関のアーチや内扉を眺めたりしている。ボルヘスについては、わたしは郵便で消息を知り、教授名簿や人名辞典で名前を見るだけだ。わたしが愛しているのは、砂時計、地図、一八世紀ごろの活版術、コーヒーの味、スティーヴンソンの文章などである。もう一人の男もこの趣味は同じだが、役者によく見るように、何となくそれをひけらかす気味がある。わたしたちの関係は敵意に満ちたものであると言えば、誇張がすぎるだろう。わたしは生きている。いや、自分自身を生かしている。ボルヘスをして彼の文学を編みださせ、その文学によってわたしという存在を正当化させるためだ。彼がそこばくの優れた作品を書いたと言うのは、わたしにとっても何の苦もないことだが、しかしそれらの作品はわたしの救いにはならないだろう。おそらくその理由は、優れたものはもはや誰のものでもない、もう一人の男のものでさえなくて、言語もしくは伝統に属するからだ。それに、わたしはいずれこの世から決定的に姿を消す運命にあり、わたしの生のある瞬間だけがもう一人の男のなかで生き永らえるにすぎないのだ。わたしは一切のものを徐々に彼に譲り渡しつつある。歪曲し誇張するという悪癖が彼にあることを知りながら。スピノザの理解するところでは、あらゆる事物がその存在を持続することを願っているという。石は永久に石であることを、虎は虎であることを願っているのだ。(仮にわたしが何者かであるとしての話だが)わたしはわたし自身ではなく、ボルヘスとして生き残るのだろう。しかし、わたしは彼の書物のなかよりもむしろ、他の多くの書物や懸命なギターの音のなかに、わたし自身の姿を認める。わたしが彼から逃れようと努め、場末の神話から時間や無限との演戯へと身を移してからすでに久しい。しかし、それらの演戯も今やボルヘスのものとなり、わたしはどうやら、別種の工夫をしなければならなくなったようだ。つまり、わたしの生はフーガなのだ。わたしは一切を失う。そしてその一切が忘却のものに、つまりもう一人の男のものになるのだ。

この文章を書いたのは、果して両者のうちのどちらであったのか。

天恵の歌

みごとな皮肉によって同時に
書物と闇をわたしに授けられた、神の
巧詐*1をのべるこの詩を何者も
涙や怨みぐちと卑しめてはならない。

神は光なき眼をこの書物の市の
主となされたが、それらの眼が
あまたの夢の図書館で読みうるものは、
天明がその渇望にこたえて差しだす

*1—一九二七年から四六年にかけてブエノスアイレス大学言語研究所の所長だったアマード・アロンソ（一八九六—一九五二）によれば、ボルヘスの文章にはしばしば古語好みが窺われるという。この場合の原語 maestria も近世スペイン語の ardid（「策略」や「奸計」）の意。

愚かしい数節でしかない。白日はいたずらに
無限の書物を惜しむことなく与えるが、
アレクサンドリアで散佚した
難解な写本と同様、それらも難解きわまりない。

(ギリシアの史書の記述によれば)ある王は
噴泉と園庭に囲まれながら飢渇ゆえに死んだという。
わたしも当てどなく、この高く奥行き深い
盲目の図書館をさまようだけだ。

あまたの百科全書[*2]と地図、東洋と
西洋、いくたの世紀と王朝、
象徴と宇宙、そして宇宙開闢説などを
壁は贈ってくれるが、それももはや無益だ。

*2—ボルヘスは言う。「私が百科全書を好む理由は、一つは…好奇心であり、もう一つは怠惰です。しかし一番大きなものは、おそらく、非常な驚き、サスペンスです…百科全書はあるテーマの本質的と思われるものを与えてくれる」(「読者のサークル」一九八五年七月号)。

わが闇の裡にあって、おぼつかない杖を頼りに、
わたしは急がず、虚ろな薄明をさぐり歩く、
一種の図書館という形で
楽園を思い描いたこともあるわたしだが。

確かに《偶然》ということばでは
名付けられない、何かがこの一切を支配している。
影おぼろな別の夜に、すでに多くの書物と
闇を受けた者がほかにいるのだ。

急がぬ回廊をさまよい歩きながら
わたしは常に、漠とした聖なる畏怖の念とともに、
わたしこそあの別の男、同じ日に

同じ足を運んだはずの死者だと感じる。

複数のわたしと一つの闇の
この詩を書いているのは二人のうちのいずれなのか？
わたしを名指すことばに何の意味がある、
呪いが不可分の一つのものだというのに？

グルーサック*3かボルヘスか、わたしは見る、
この愛しい世界が形くずれて
やがて消え、夢と忘却にまごう
淡く空しい灰と化するのを。

*3—ポール・グルーサック。フランス生まれながら、スペイン語の刷新者の一人とボルヘスが認めたアルゼンチンの作家（一八四八—一九二九）。三七歳の時から逝去するまで国立図書館館長を務めた。晩年はボルヘスと同様に失明。ちなみに、初代館長（一八五一—七一）の作家ホセ・マルモル（一八一七—七一）—アルゼンチンで最初の小説『アマリア』（一八五五）で有名—も彼らと同じ悲しい運命に見舞われた。

砂時計

結構なことだ、炎夏の円柱が投げる
堅固な影、或いはヘーラクレイトスが[*1]
われわれの狂顚を知ったあの河の
水によって、時なるものを

測るというのは。時と宿命とは
二つのものに似かよっている。白昼の
計りがたい影と己れの道をあゆむ
水のふたたび帰らぬ流れに。

＊1—前五世紀初頭のギリシアの哲学者。神託風の文体で説く思想が難解なために《暗い人》と呼ばれた。生成変化する一切の根源に火があるとし、「万物流転」を唱えた。「人は二度と同じ川に入らない」といった百余の箴言が遺るのみ。

結構なことだが、しかし砂漠の時が
見いだしたのは、別の滑らかで重いもの、
死者たちの時を計るために
想像されたかに思われるもの。

こうして現われた、あまたの事典の
挿画のなかの寓意的な道具。
この品は銀髪の骨董屋たちの手で
贈られるのだ、はんぱな

ビショップと、役に立たない
剣と、くもった遠目鏡と、
阿片に咬まれたサンダルと、
塵と、偶然と、虚無などの灰色の世界に。

躊躇しなかった者がいるだろうか、神の右手に
大鎌とともに握られ、デューラー[*2]が
その線をなぞったこともある
苛酷で陰気な道具を前にして？

逆しまの円錐の穴あけられた頂点から
こぼれ落ちる細かな砂粒、
緩やかな黄金はすべり落ちて
その宇宙の凹面のガラスにあふれる。

喜びがあるのだ、すり抜けて
勢い衰え、落ちるその瞬間に、
人間さながら慌てふためき、

＊2―アルブレヒト・デューラー。ドイツ・ルネサンスを代表する画家(一四七一―一五二八)。

渦巻く、神秘の砂を眺めることにも。

循環する砂は同じであり、
砂の歴史は無限に長い。
それ故、お前の至福や痛苦のかげに、
不死身を誇る悠久の時は姿を隠すのだ。

落下は決して止むことがない。
わたしが流すのは水ではなく血。砂を
移しかえる儀式は際限を知らず、
砂とともにわたしたちの生も去ってゆく。

砂粒の寸秒のうちに宇宙的な
時間が感じられるように思う。歴史は

記憶によってその鏡に幽閉されているか、
霊妙なレーテー[*3]によって溶き流されたが。

煙の柱と炎の柱、
カルタゴとローマ、その激しい戦闘、
魔術師のシモン[*4]、サクソン王が
ノルウェー王に献じた七フィートの土。

一切をさらい消してしまうのだ、この疲れ知らぬ
無数の砂粒の細やかな糸は。
わたしが救われるはずがない、時の
偶然の産物、脆くはかないこのわたしが。

＊3―冥界を流れる河。《忘却》を意味し、亡霊は過去を忘れるべくその水を飲む。

＊4―使徒ペテロから聖霊を与える力を買い取ろうとしたサマリアの魔術師。

象棋*1

I

落ち着いた一隅で、指し手たちは
ゆったりとした駒を動かす。盤は
二種の色が憎悪をぶつけ合う峻烈な
場に夜明けまで彼らを引き止める。

その上で驚くべき精密さを放っている
もろもろの形。ホメーロスふうの塔、駿足の
馬、甲冑をよろうた女王、後詰めの王、

*1―父のホルヘ・ギジェルモ（一八七四―一九三八）はこの愛好するゲームの盤を用いて、幼いボルヘスに「ゼノンの逆説」などを教えたという。

斜行する象、そして直攻めの歩兵。

指し手たちがその場を去っても、
時が彼らを消滅させても、
儀式が終わらぬことは確かだろう。

東方で火の手の上がったこの戦いは
今では全世界がその闘技場である。
昔時の遊戯に似てこれは無限に続くのだ。

Ⅱ

惰弱な王、斜行する象、血に飢えた
女王、屹立する塔、狡悪な歩兵は

その進路の黒と白とのうえで
敵を求めて戦端をひらく。

彼らは指し手の巧みな腕が
その運命を支配していることを知らない。
彼らは金剛石のように酷烈なものが
その意志と歩みを縛っていることを知らない。

指し手もまた（ウマル[*2]の
言ではないが）黒い夜と白い昼の
別の盤上に捕えられている。

神が指し手を、指し手が駒を動かす。
神の背後にいかなる神がいて、塵と時間、

*2―ウマル・ハイヤーム。ペルシアの詩人、数学者。二二三年頃に死亡。『ルバイヤート』で知られている。

夢と苦悶のからくりを編みだしたのだろう?

鏡[*1]

かつてわたしは鏡に恐怖を抱いた。
不可能な映像の空間がそこで終わり
そこで始まる、住むべくもない、
不可知の鏡面の前に立つときばかりか、

ときおり逆しまの鳥の虚しい飛翔に
傷つけられたり、微かに戦いたりする、
深い空のいま一つの青をまねる
鏡の水を前にしても。

*1――死の前年の三月、ブエノスアイレスのサン・マルティン文化センターにおけるトークでボルヘスは語った。「我が家に三枚の鏡のはめ込まれた衣裳戸棚があって、…そこに映るものが勝手に動きはしないかと…今は恐怖を感じません。見えないのですから…解放されたわけです、嫌なかたちで…」

またその滑らかさは、夢のように
淡い大理石か淡い薔薇の
白をなぞる、微妙な黒檀の
静謐な表面を前にしても。

形うつる月の下、彷徨と
惑いの長い歳月をへた今日、
わたしは自問する、いかなる運命の偶然が
わたしに鏡を怖れさせたのかと。

金属の鏡、覗き覗かれる
あの顔をあかねの薄暮の
靄のうちに滲ませる
マホガニーの仮面の鏡。

古い盟約の執行者、
無限とも見えるそれらが
定めどおりに不眠不休、生殖の
行為さながら世界を増殖させていく。

この不確かで虚しい世界から繰る糸で
目くるめく蜘蛛の巣を張り、
ときおり夕暮れに、まだ死んではいない
人間の吐く息でくもらされる。

玻璃はわたしたちを待ち伏せる。仮に寝室の
四面の壁に鏡一枚でもあれば、
わたしは独りではない。他者がいる。夜明けに

秘密の舞台を用意する光がある。

それらの玻璃の部屋では
一切が生じるが何ひとつ記憶されない。
そこでは、奇怪なユダヤの律師のように、
わたしたちは右から左へと書物を読むのだ。

クローディアス、ある夕景の王、夢みられた王、
彼は己れが夢だとは気付かなかった、ある役者が
舞台のうえで、巧みな黙劇によって
彼の卑劣な裏切りを演じたあの日まで。

不思議なことだ、夢があり、鏡があり、
毎日の陳腐で手垢のついた

演目が、光の織り上げる、幻の
深い世界を秘めているとは。

（いま思いついたが）神は熱中しておられるのだ、
玻璃の滑らかさで光を、
夢によって影を、構築してゆく
あの摑みどころの無い建築術に。

夢をよそおう夜とさまざまな形の
鏡を神がお造りになったその目的は、
影のような虚しい存在だということを人間に
悟らせるためだった。それ故わたしたちは怯えるのだ。

エルビラ・デ・アルベアル[*1]

彼女はすべてを所有し、徐々に
すべてに見捨てられた。わたしたちの見た彼女は
実にあでやかだった。朝と
たゆみない真昼は、その天頂から、
美しい地上の王国を彼女に
示したが、夕べはそれらを消していった。
星々――無涯の遍在する因果
の網――の好意が彼女に与えたのは、
アラビアの魔法の絨緞のように
距離を無いも同然のものにし、欲望と

*1―二〇年代にボルヘスが愛し、「休息」という作品には序文まで寄せたアルゼンチンのマイナーな女性作家。上流社会の出身で、一九三一年にはパリで雑誌「イマン（磁石）」を、アレーホ・カルペンティエルを編集者に迎えて発刊した、一号で終わったが。ミゲル・カネー図書館の同僚たちは、ボルヘスがエルビラの知り合いであるということで多少の尊敬を払ったとか。

所有を混ぜ合わせる財産、真実の苦悩も
楽曲とさやめきと象徴に
換える詩作の才能、
熱意、イトゥサインゴーでの
血のなかの戦い[*2]、月桂冠の重み、
時――河であり迷路である――の
さまよう流れと、晩景の
穏やかな彩りのなかに消える悦び。
そのすべてが彼女を見捨てたが、
ただ一つ、気前のよい丁重な物腰だけは
その生涯の終わりの日まで残していた。
得意と失意にかかわりなく、
まるで天使のように。遠い昔のことだが、
わたしが最初に見たのは、エルビラの

*2―エルビラの先祖のカルロス・マリア(一七八九―一八五二)はアルゼンチン最高の軍人の一人。この戦闘でブラジル軍を破り、後にさまざまな顕職に就いた。

微笑であり、最後に見たのもそれだった。*3

*3―このボルヘスのことばと異なり、エルビラは男たちに利用されて破産し、サン・テルモの安アパートの一室で狂死した。

スサーナ・ソカ[*1]

彼女は静かに、四方にちりばめられた
夕景の彩りを愛でた。複雑な
メロディーや詩の不思議な命のなかに
消え入ることを楽しんだ。
原色の赤ではなく灰色のもので
紡がれたその脆い運命は、
ためらいのなかで練られてゆき、
微妙な色合を見分けるようになった。
この困惑すべき迷宮に足踏み入れる
気力がなく、もろもろの形あるもの、

*1―若い頃のボルヘスの友人で、ヨーロッパからの帰途、リオ・デ・ジャネイロのガレアウン国際空港で生じた、飛行機事故による悲劇的な死を遂げたという女性。

その混乱や逸走を外から眺めていた、
あの鏡のなかの別の貴婦人のように。
そして祈りの届かぬところに住む神々は
彼女をあの虎に、《炎》にゆだねたのだった。

月

語り伝えによれば、さまざまな
現実の、架空の、奇怪な
出来事が生じたあの過去に、
一人の人間が一冊の書物に

宇宙を要約するという途方もない
もくろみを抱き、精根を傾けて
高雅で晦渋な手稿をやまと積み、
推敲を重ねて最後の詩行に達した。

幸運に感謝を捧げようとして
ふと視線を上げると、空にかかる
磨かれた円板が眼に入り、月を
忘れていたことを知って動顚した。

このわたしの話は架空のものにすぎないが、
わたしたち、自分の生を言葉に換える
仕事にたずさわる者すべての
魔力をよく表わしていると思う。

本質的なものは常に失われる。それは
霊感にかかわる一切のことばの定めである。
月との長い付き合いについての
この要略も、あの定めを避けるわけにはいかない。

わたしが初めて月を見たのは
ギリシア語をまなぶ以前の
空なのか、それとも井戸といちじくの
中庭にかたぶく夕べであったのか。

人も知るとおり、この移ろいやすい生は、
多くのものと同じで、ひどく美しく見えるときがあり、
事実、おお友なる月よ、彼女と
二人してお前を眺めた夕べもあるのだ。

夜空の月よりもむしろ、わたしは
詩のなかの月のほうが思い出しやすい。バラードに
怖ろしさを添える、魅入られた《ドラゴン・ムーン》[*1]や

*1―ちなみに、北天のドラゴンもしくは竜座は北極星を含む小能座を取り囲むような配列をなしていて、その頭と尾とは「月の交点」、すなわち月食の生ずる場である。そのため特に中国では、竜は月を食すると考えられている。

ケベードの血塗られた月のほうが。

ファン*1は血と緋に染まった
別の月について、驚くべき奇蹟と
凄まじい悦びにみちた書物のなかで語っている、
しろがねの、さらに明るい星がほかにもあるのだ。

(伝聞によれば)ピュタゴラス*2は血でもって
鏡に文字を書きつらね、
人びとは月というあの別の鏡の
表に映ったものを読んだという。

鉄の森があって、そこに棲む
丈高い狼の奇怪な運命は、

*1―サン・ファン・デ・ラ・クルス。スペインの聖職者、神秘詩人(一五四二―九一)。サラマンカ大学で哲学や宗教を修めて司祭となった一五六七年、サンタ・テレーサ・デ・ヘスス(一五一五―八二)に出会ってカルメル会の改革に協力。一七二六年に聖人と認められた。宗教的法悦と性のそれとが合一した『霊の賛歌』(一五七七―八二)や『暗夜』(一五七七頃)などの作品がある。

*2―サモス島生まれのギリシアの哲学者、数学者(前五八〇?―前五〇〇?)。

最後の暁が海を赤く染めるとき、
月をはたき落して止めを刺すことだともいう。

——予言者の北風はこのことを知っている。
またその日には、死者たちの爪で
造られた船が、茫々たる世界の
海を荒らすであろうことを知っている——

ジュネーヴやチューリッヒで、運命が
わたしも詩人となることを望んだとき、
わたしはすべての詩人にならい、月を
定義するという秘密の務めを自分に課した。

いわゆる刻苦勉励というもので

わたしは細やかな変化工夫を凝らしたが、
すでにルゴネスが琥珀や砂を用いたのではという
激しい不安に悩まされていた。

遥かな象牙や煙、冷たい
雪で造られている月は、確かに、印行という
得がたい栄誉に与れなかったとは言え、
あの詩を照らしていたのだ。

わたしは思ったが、詩人というのは、
楽園の赤毛のアダムのように、
それぞれの事物に、正しい真実の
いまだ知られざる名称を与える人間なのだ。

アリオストの教えでは、おぼろな
月には、夢、捉えがたいもの、
消えた時間、可能なもの、不可能なもの
——結局は同じものだが——が住むという。

アポロドーロス[*3]は三体に変化する
ディアーナ[*4]の妖しい影をわたしに垣間見させた。
ユゴーは黄金造りの鎌をわたしに授け、
あるアイルランド人はその暗い悲愴な月を与えた。

神話のさまざまな月のあの鉱脈を
わたしが深く探っていたあいだも、
夜毎に現われる空の月は
そこに、街角に出ていたのだ。

*3—前二世紀後半のギリシアの文献学者。アテーナイの出身で、トロイア戦争から前一一九年に及ぶ『年代記』、ギリシアの神話にまつわる『神々について』、そして『イーリアス』第一巻の「船のカタログ」の注釈その他の著述がある。

*4—ローマ神話で、月の女神。ゼウスの娘でアポローンの妹であるギリシア神話のアルテミスに当たる。貞操と狩猟を守護。

一切のことばのなかに、ただ一つ
記憶して再現すべきものがある。
わたしの意見では、慎ましく使うのが
秘訣で、それは《月》ということばだ。

虚しいイメージでその無垢な姿を
汚す気には、わたしは到底なれない。
謎を秘めた、夜毎の、わたしの
文学からは遠いそれを眺めるだけだ。

月、或いは《月》ということばは
一個の文字なのだ。多にして一なる
わたしたちという、この不可思議なものの

複雑な書記のために造られた文字なのだ。

宿命もしくは偶然が人間に与えた
象徴の一つなのだ。いつの日か、
至福に心おどるとき、或いは苦しみもだえるとき、
彼の真実の名前を書き留めうるように。

雨

霧雨が降りだしたために
夕暮れの空がふいに明るむ。
降っているのかいないのか。おそらく雨は
もう過去のものになったのだろう。

今も雨の音を聞く者は、偶然の幸運から、
《薔薇》と呼ばれる花と、紅という
珍らかな色を示されて
時を回復しえた人間なのだ。

窓のガラスをうるませるこの雨で、
すでに存在しないが、わびしい場末の
中庭の棚の黒ずんだ葡萄の房も
華やぐことだろう。濡れそぼれた
夕暮れが運んでくる、声を、絶えてはおらず
幾度でも甦る懐しい父の声を。

クロムウェル将軍麾下の一大尉の肖像に

主への讃美歌に勇気を奮い起こすこの者に
マールス[*1]の塁壁が屈することはあるまい。
別の光から――別の時代から――あまたの
戦いを見た眼が凝視している。
手は鉄のサーベルに添えられている。
緑の広野で戦闘が行なわれている。
薄闇の彼方にあるイングランド、
馬と栄誉とあなた自身の出撃。
大尉よ、欲望は迷妄にすぎない、
馬具も無用だ、いつかは終わりが訪れる、

*1―ローマ神話で、ローマの建設者ロームルスとレムスの父とされている軍神。

人間の執意も無益なものだ、
一切は遠い昔に終わっているのだ。
あなたに傷負わせるべき鉄も銹びてしまった。
(わたしたち同様に)あなたは呪われた存在なのだ。

ある老詩人[*1]に捧げる

あなたはカスティーリャの野を歩みながら
ほとんどそれを見ていない。ファンの
紛然とした詩の一節に心を奪われて、
あなたは黄にかがよう日没にも

心を向けようとしない。おぼろな光が狂い、
東方の空では、《瞋恚》の
鏡と言えなくはない、嘲侮と
緋色のあの月が形を大きくしていく。

*1―スペインの作家のフランシスコ・ゴメス・デ・ケベードを指す。四九ページを参照。

視線を上げてあなたは月を眺める。かつて
あなたのものだった何かの記憶が浮かび、
また消える。血の気の失せた

顔うなだれて、あなたは悲しい歩みを続ける。
自分の書いた詩行さえ覚えていないのだ、
《かくてその墓碑銘は血塗られし月》。

別の虎

しかも似姿を造りだす巧み
モリス[*1]『ヴォルスング族のジーグルト』(一八七六)

わたしは一頭の虎を想う。薄闇は孜々たる
図書館をますます高いものにし
書棚を遠ざけるかのようだ。
剽悍だが無心、血を好むが新参、
彼はその密林を、その朝を徘徊して
名も知らぬ河の泥深い
岸に跡を残すことだろう。
(彼の世界には名前も過去も
未来もなく、あるのは確実な瞬間だけだ)
野蛮な遠い土地まで飛走し、

*1―ウイリアム・モリス。イギリスの詩人、画家(一八三四―九六)。アイスランドのサガの翻訳を多く行なった。

あまたの匂いのからむ
迷路のなかで、暁闇の香りと
牡鹿の心地よい臭いを嗅ぎとるだろう。
わたしは竹林の縞目に
その縞模様を判読して、身震いする
みごとな毛皮に隠された骨組を予感する。
地球の盛り上がった海と
砂漠が割り込むが、それは無意味だ。
南アメリカの遠い港町の
この家から、わたしはお前を追い、夢みる。
おお、ガンジス河畔の虎よ。

わたしの魂の夕べは広がり、わたしは想う、
わたしの詩の呼格の虎は

もろもろの象徴と影の虎、
一連の文学的な比喩や
百科辞典からの記憶ではあっても、
宿命の虎ではない、太陽の下で、
形かわる月の下で、スマトラや
ベンガルで、愛と安逸と死の日常を
全うする凶々しい至宝ではないのだと。
わたしが象徴の虎に対置してきたのは
真実の虎、熱い血のたぎる虎、
水牛の群れを屠り、
この日、五九年八月の三日、
悠然たる影を長々と草原に横たえる
虎。しかし彼を名指し
生き方を推しはかる行為そのものが、

地上に住む生きものの一匹ではない、
芸術の虚構に彼を仕立てることだ。

第三の虎を探すのはどうだろう。これも
他の虎たちと同様に、わたしの夢の
形象、人間のことばの
体系であって、神話を超えたところで
土を踏んでいる、脊椎動物としての
虎ではないだろう。よく心得ていながら、
漠然として愚かしい昔ながらの
この冒険を自分に課して、
夕べのひととき、わたしは探し求める、
別の虎を、詩のなかにはいない虎を。

Blind Pew——盲目のピュー

海からも華やかな戦いからも遠く離れて
——愛は失ったものをかく讃えるのだ——
盲目の海賊がひたすらに歩む
イングランドの土の街道。

農場の犬どもに吠え立てられ、
村の悪童たちにあざけられ、
溝の黒っぽい泥のなかで、浅い
破られがちな夢を結んだ。

遥かな黄金の渚の秘宝が
わがものであることを知っており、
それだけが逆境にある彼の救いだった。

同じく遥かな黄金の渚で
朽ちもせず待っているお前の秘宝、
無量の漠々たる人並みの死。

一八九〇年代のある亡霊について

何でもない。ただムラーニャ[*1]のナイフのことだ。
ただ灰色の午後で物語は断ち切られてしまう。
どういうわけか、午後になると、会ったこともない
この人殺しがわたしの傍に現われるのだ。
パレルモ[*2]の家並みはもっと低かった。監獄の
黄色く厚い壁が場末の
ぬかるみを圧倒していた。あの乱暴な
土地を徘徊していた卑しいナイフ。
ナイフ。顔は消えてしまい、
無鉄砲が厳しい仕事の種だった

*1―フアン・ムラーニャ。ナイフの無類の使い手で、名の聞こえたボスのニコラス・パレデスに「犬のように忠実だった」この無法者は、ボルヘスの詩や短篇、対話などにしばしば顔を出す。ついでだが、その最期は惨めなもの。酔って御者台から落ち、首の骨が折れて死んだ。

*2―ブエノスアイレス東部の、ラ・プラータ河の湿地に開けた地区。

あの傭兵、彼が残していったのは
亡霊と刃金の煌きにすぎない。
大理石さえくもらせるという時よ、
ファン・ムラーニャ、この毅然とした名前だけは遺せ。

フランシスコ・ボルヘス大佐（一八三五－七四）[*1]の死を偲んで

みずから死を求めた、あの薄明の
刻限、馬上の彼をそっとしておこう。
彼の宿命のすべての時のなかで
艱苦と勝利のこれだけが永らえているのだ。
愛馬とポンチョの白が
荒野を進んでいく。執念深い
死がライフル銃のなかで待伏せ、哀れにも
フランシスコ・ボルヘスは坦々たる野を行く。
彼を取り囲んでいるこれ、弾丸。
彼が見ているこれ、涯しないパンパ。

＊1―より正確にはフランシスコ・イシドロ。ボルヘスの父方の祖父。独立後のアルゼンチンで頻発した内戦の一つ、バルトロメ・ミトレ将軍の起こした叛乱のさなか、ラ・ベルデの戦闘で落命。レミントン銃によるアルゼンチンでの最初の犠牲者であった。

生涯見たり聞いたものがそれらである。
彼は日常茶飯のことに、戦闘に明け暮れている。
その叙事的な世界に傲然と生き、およそ詩に
感動することなどない彼をそっとしておこう。

A・Rを悼みて

この夢、世界を支配している
漠たる偶然もしくは精密な法則は、
アルフォンソ・レイエス*1とともに、坦々とした
道をしばらく歩む機会をわたしに与えてくれた。

シンドバッドもオデュッセウスも、誰ひとり
精通しなかったあの術、一つの国から
別の国々へと渡り、そのいずれにも十全な形で
存在するというあの術を彼はよく物にした。

*1—メキシコの詩人、批評家(一八八九—一九五九)。二〇世紀スペインの最高の文献学者ラモン・メネンデス・ピダルの高弟の一人で、黄金世紀の文学を専攻。劇詩『残酷なイーピゲネイア』(一九二四)を含む多数の著作がある。一九二七—三〇年と一九三六—三七年の二度、大使としてブエノスアイレスに赴任し、ボルヘスを含む若い作家らから熱狂的に迎えられた。

ふとした折に追憶がその矢で彼を
射つらぬくことがあれば、得物の
猛々しい鉄で、長く伸びらかなアレクサンドル格か
悲愁にみちた哀歌を細工したものだった。

仕事における彼は人間的な希望に
助けられ、もはや忘れられることのない
詩行を見出して、スペイン語の文章を
刷新することをその生涯の炬火とした。

緩やかな歩みのミオ・シッド[*2]や
世に知られぬことを願う大衆を超えて、
俗語の場末あたりまで
命はかない文学を探索した。

*2——一一四〇年頃に書かれた作者不詳のスペインの叙事詩『ミオ・シッドの歌』の主人公、ロドリーゴ・ディアス・デ・ビバル(一〇四三?―九九)のこと。

マリーノの五つの快楽の庭に
足を止めたが、彼の裡にあった
不滅の本質的な何かは、むしろ
困難な研学と神聖な義務とを選んだ。

換言すれば、彼は選んだのだ、
冥想の庭を。ポルピュリオス[*3]が
影や錯乱を前にして開創と
終焉の樹を植えた場所を。

レイエスよ、鷹揚と節倹を
管掌する細心な摂理は、
われわれのある者には扇形と弧を、

*3—ギリシアの新プラトン派の哲学者（二三三?-三〇四?）。叙事詩、文法学、音楽論、数学に通じていたが、特に、師であるプロティノスの著述の編集を行なうと同時に伝記を物したことで知られる。

しかしきみには完全な円を与えた。
きみは扉絵や名声が隠している
幸福を、或いは悲哀を求めた。
エリゲナ[*4]の神のように、きみは
万人たるべく何人でもないことを望んだ。
きみの文体は、あの美しい薔薇は、
浩々として繊雅な光彩をえて、
きみの父祖の武人としての血を
嬉々として神の戦いに加わるものに変えた。

メキシコ人は―とぼくは訊く―どこにいるのか？
オイディプース[*5]の恐怖を抱きつつ、不思議の

＊4―スコットランド生まれの哲学者、ヨハネス・ドゥンス・スコートゥス（一二六六―一三〇八）。『ペトルス・ロンバルドゥス評釈』や『パリ講義録』などの著作を通じて、一四世紀の懐疑論の先駆者たるべく「理性と信仰の調和」の不可能性を説いた。

＊5―ギリシア神話で、それと知らずに父を殺して母を妻とし、後に盲目となって漂浪したギリシアの王。

スフィンクスの前で、《顔》か《手》の
不変の祖型を打ち眺めているのだろうか?

それともスウェデンボルイ[*6]の望んだように、
あの高い天上の紛乱の
僅かに残映でしかない、地上よりも
生彩と複雑さに富んだ世界を彷徨しているのか?

(漆と黒檀の国々が教えるとおり)
仮に記憶というものが
その心のエデンの園を造るものならば、すでに天国には
別のメキシコが、別のクエルナバカ[*7]が存在する。

運命がその生の彼方で人間のために

*6―エマヌエル・スウェデンボルイ。スウェーデンの宗教思想家(一六八八―一七七二)。研学の結果、万能の科学者となったが、天国と地獄を眼前に見るという異状な体験を通じて熱烈な神秘主義者となった。

*7―メキシコのモレロス州の町。征服者エルナン・コルテスの館=砦(現在は博物館)で知られている。

用意している色彩を神はご存知だ。
わたしはこうして通りを歩いている。死の
意味は、わたしにはまだその一部しか明らかでない。

知っているのはただ一つ。アルフォンソ・レイエスは
(波によっていずこへ運ばれようとも)
別の謎を解き、別の法則を立てるために、
寝食を忘れ、嬉々として励むだろうということだ。

類なき異才の男のために、勝利の
拍手と喝采を送ろうではないか。
われわれの愛がその想い出に刻む
詩を、涙で冒瀆することがあってはならない。*8

*8──一九七三年一〇月八日、ボルヘスはメキシコ市に赴いてアルフォンソ・レイエス国際賞を受けた。

ボルジェス一族

ポルトガル人の先祖、ボルジェス一族については
わたしは全然、或いはごく僅かしか知らないが、この曖
　昧な者たちは
わたしの肉のなかで、人眼を忍びつつ、その習慣や
苛酷さや恐怖などを生き永らえさせている、
かつて存在したことがないと言わんばかりに微妙に、
また芸術のしちめんどうな営みとは無関係に。
彼らは時間と大地、そして忘却の
判別しがたい一部を形づくっている。
これでよいのだ。仕事を果した今、

彼らはポルトガルそのもの、東洋の
城壁を切り崩し、海に乗り出した、
また別の砂の海に乗りだした、有名な一族なのだから。
彼らは神秘の砂漠に姿を消してしまった
王者、自分はまだ死んではいないと現に誓う王者なのだから。

ルイース・デ・カモンイス[*1]に捧げる

容赦なく、徐々に時が刃こぼれさせていく
勇武の長剣。哀れな打ちしおれた姿で
懐しい母国に還ったあなたは、
おお、隊長よ、そこで母国とともに
死んでいった。不思議にみちた砂漠に
ポルトガルの精華はかき消えて、
かつては臣従していた粗暴なスペイン人が
そのむき出しの脇腹を脅しはじめた。
わたしは知りたいのだ、最後の岸の
こちら側で、あなたが慎ましく悟ったか否か、

*1―ポルトガルの詩人(一五二五?―八〇)。愛国的な叙事詩『ウス・ルジーアダス』(一五七〇)が代表作。

失われたものの一切は、西洋と
東洋は、白刃と旗幟は、あなたの作である
ルジタニア[*2]の『アイネーイス』のなかに
(人間の有為転変にかかわりなく)生きるだろうと。

*2—ローマ時代のイベリアの、ドゥエロ河とグアディアナ河にはさまれた地域で、現在のポルトガルがこれに相当する。

一九二〇年代

天体の回転も無限ではなく、
虎はくり返される形象の一つなのに、
わたしたちは、偶然や幸運から遠く、
疲弊した時間、もはや何事も起こりえない
時間のもとへ身を寄せていると信じていた。
世界は、悲劇的な世界はそこにはなくて、
別の場所に求めなければならなかった。
わたしは塀とナイフのつましい神話を考え、
リカルド[*1]は彼の牛方たちを思っていた。
わたしたちは未来がいかずちを孕んでいることを知らず、

*1―リカルド・グイラルデス。アルゼンチンの作家(一八八六―一九二七)。ガウチョ小説の傑作『ドン・セグンド・ソンブラ』(一九二六)で有名。

《枢軸》の汚辱と炎と怖るべき夜を予感してはいなかった。アルゼンチンの歴史が路頭に迷うことになると、誰も教えてくれなかった。

歴史と、憤怒と、愛情と、海原のような大衆と、コルドバ[*2]という名前と、現実や信じがたいものの興趣と、恐怖と、そして栄光が。

*2―ブエノスアイレスの西北に位置する、プリメロ河沿いの都市。

一九六〇年作の頌歌

わたしの運命という、この夢を支配する
隠れた法則、すなわち明らかな偶然が、
——おお、栄光にも汚辱にもこと欠かない
百五十年の困難な歳月をになった、
宿命の愛しい祖国よ——望んでいるのだ、
一滴の水であるわたしに、河であるお前と語れと、
一瞬にすぎないわたしに、時であるお前と語れと、
またならわし通りに、親密な会話が
神々の愛する儀式と影に
詩の慎ましさに頼ることを。

祖国よ、わたしはお前を感じてきた、
涯しない場末の荒れた日没に、
パンパの寒風が玄関まで運んでくる
あのあざみの花に、辛抱づよい雨に、
緩やかな天体の歩みに、
ギターの絃を調える手に、
ブリタニアの人間が海に感じるように
遠くからながら、わたしたちの血が
感じる平原の魅惑に、円天井の
敬虔な象徴や飾り壺に、
ジャスミンの献身的な愛に、
額縁の銀に、沈黙する
マホガニーの心地よい手触りに、

肉と果実の味わいに、
水色と白の、兵営にひるがえる
旗に、ナイフと街角が出てくる
退屈な話に、わたしたちを置き去りにして
消えていく変らぬ夕暮れに、
主人の名前を与えられた
奴隷たちが立っている中庭の
漠然とした楽しい想い出に、炎に焼かれ
散っていった盲人たちのための
あれら書物の哀れな紙に、誰ひとり
忘れることのできない九月の
凄まじい雨に。しかしこれらも
お前の有りよう、象徴のすべてではない。

お前は、お前の広大な領土や
お前の長い歴史の日々以上のものだ。
お前は、お前の産んだ人間たちの
推測不可能な総和以上のものだ。永遠の
原型の脈うつ内部で、神にとって
お前が何であるかは知らない。
しかしながら、垣間見たその顔ゆえに
わたしたちは生き、死に、喘ぐのだ、
おお、離れることなき神秘の祖国よ。

アリオストとアラビア人たち

誰も一冊の書物を書くことはできない。真実
一冊の書物がそこに在るためには、
黎明と黄昏が、幾世紀もの時と
武器が、合わせては割く海が必要なのだ。

そう考えてアリオストは、照り映える大理石や
黒々とした松の街道ののどけさに浸りつつ、
かつて夢みたものを再度夢みるという
楽しみに、静かに耽ったのだった。

彼の祖国イタリアの空気に充ちあふれた
夢は、辛苦の幾世紀にもわたり、
その地を荒らした戦乱という形を取って
記憶と忘却を織りなしていった。

アキテーヌ[*1]の谷に迷い込んだ
軍団は、伏兵攻撃の罠にまんまと落ち、
こうして生じたのが、ひと振りの剣と、今なお
ロンセスバイェス[*2]に響く角笛のあの夢だった。

冷酷なサクソン人はイングランドの
果樹園にその邪神と大軍を
送り、押し合いへし合いの戦いをくり広げたが
今も残っているのは一つの夢、アーサー王。

*1—フランス南西部に位置する低地の古名。

*2—七七八年、シャルルマーニュの軍隊がバスク人に大敗を喫し、ローランすなわちオルランドが戦死をとげたスペインはナバーラの渓谷。

盲た太陽で海もかすむ
北の島々から、火の輪のなかで、
主人を待つあの眠る乙女の
夢は訪れたのだった。

ペルシアか、それともパルナッソス[*3]か、
天空をゆく武装した魔法使に
責められ、不毛の西方に堕ちる、
翼ある駿馬のあの夢が訪れたのは。

その魔法使の駿馬から見下ろすように、
アリオストは、戦いと若い功名心の
祝祭によって鋤き返された

*3―ギリシア中央部にあり、アポローンの神託所が麓にあった名山。

地上の王国を眺めたのだった。

金色の淡い靄を透かして見るように、
アンジェリカ[*4]とメドーロ[*5]の愛のために
その境を広げて別の奥まった庭園に
通じる、この世の庭園を眺めたのだった。

阿片がヒンドスタンに垣間見させる
幻めいた光彩さながら、
万華鏡の撩乱さながら、
愛欲は狂乱の男のうえをば過ぎていった。

愛も皮肉も知った彼は
こうして慎ましやかに、一切が

*4―アリオストの波瀾万丈の長篇叙事詩『狂乱のオルランド』(一五一六)は、このカタイ(中国)の美しい王女を巡るキリスト教徒側とイスラーム教徒側の騎士たちの戦いを語った、《武功》と《愛》のそれであると、単純化すれば言えるだろう。

*5―戦死した主君ダルディネッロの遺体を守ろうとして負った重傷の身をアンジェリカに救われ、恋仲となったがためにオルランドの狂乱を招いたイスラーム教徒の騎士。

(この世と同じように)虚妄である
奇怪な城を夢みたのだった。

すべての詩人の場合に似て、幸運は
もしくは宿命は、フェラーラへの
道を往き、同時に月をあゆむという
不思議な命数を彼に授けた。

夢の鉱滓、さまざまな夢の
ナイルが残していく判然としない泥土。
これらで紡がれたのが光かがよう
あの迷路という綛糸なのだ。

あの巨大な金剛石、幸いにも

人間はそこに姿を消すことができる、
けだるい音楽の流れる場所を過ぎて、
彼自身の肉体と名前を越えて。

ヨーロッパの全体が消えた。
邪気なくて悪意あるあの業によって、
ミルトンはブランディマルテ[6]の死と
ダリンダ[7]の悲嘆に涙しえた。

ヨーロッパは消えたが、あの大きな夢は
オリエントの各地の砂漠や
獅子の群れる闇に住む
名の聞こえた人びとに、別の恩恵を施した。

＊6―シャルルマーニュに仕える騎士の一人。アンジェリカを追って姿を消したオルランドを連れ戻すべく、自らの恋人フィオルデリージを残して出立する。
＊7―やはり『狂乱のオルランド』の登場人物。女官として仕えるギネヴィア姫の身代りを演じるが、のちに世を捨てて尼僧となる。

しらじら明けに、一夜の王妃を
無慚な新月刀の手にゆだねる
王について、今なお魅力を失わずに
われわれを楽しませる書物が語っている。

唐突な夜である翼、一頭の
象を摑んでいる残忍な爪、
その愛の抱擁は大船をも砕く
磁気を帯びた峰々。

猛牛によって支えられた大地と
遊魚によって支えられた猛牛。呪文、
魔除け、そして花崗岩に
黄金の洞窟を掘りぬく神秘のことば。

これらのものを、アグラマンテ[*5]の旗幟に
付き従うサラセン人たちは夢みたのだ。
ターバンの陰のぼんやりとした顔が夢みた
これらによって、やがて西欧は捉えられる。

そして今や『オルランド』は、誰ひとりとして
もはや夢みる者のない夢、つまり無垢で
無用の不思議であふれた、無人の幾千マイルに
沿って広がるのどかな土地となった。

イスラームの業によって単なる
博識に、ただの物語に貶められながら、
それは独り、夢みている（栄光は

*5―パリを包囲したサラセン人の隊長である、『狂乱のオルランド』中の人物。

忘却のもろもろの形の一つなのだ)。

すでに蒼ざめた玻璃ごしに、今ひとたびの
夕べのおぼろの光が書物に触れて、
誇りやかな表紙の金箔が
燃え、ふたたび消える。

人気ない広間で、沈黙を守る
書物は時間のなかを旅する。背後に
取り残された夜明けと夜の時刻、
そしてわたしの生、この慌しい夢。

アングロ・サクソン語の文法研究を始めるに際して*1

五十の世代を下って
(時はこのような深淵にすべての者を立たせるとは言え)
わたしはバイキングの竜頭さえ及ばなかった
大河の涯なる岸へと帰る。
ハズラムやボルヘスとなる前に
ノーサムブリア*2やマーシア*3に住んでいたとき、
今はあくたと化した口でわたしが使った、
粗野で難解なことばへと帰っていく。
土曜に読んだところでは、ユリウス・カエサルこそ
ロームブルグ*4から来てイングランドのヴェールを剝いだ

*1—ボルヘスの北欧文学への関心は父親ゆずり。アングロ・サクソン族の隠喩に魅せられていた彼は、ブエノスアイレス大学で講じていた英文学の学生たちを誘って、その読本や年代記を読み始めた。一九五八年のことである。

*2—イングランドの北部の古王国。

*3—ブリテン島中部に建てられたアングコ・サクソン族の古王国。

*4—アングロ・サクソン人はローマをこう呼んだ。

最初の人。
葡萄の房がふたたび熟れるころには、わたしはすでに
謎の小夜啼き鳥の声や、
主君の墳墓を取り巻いている
十二人の戦士たちの哀歌を聞き終わっているだろう。
他のもろもろの象徴の象徴、未来の
英語やドイツ語の変種と感じられるこれらの言葉も
かつてはイメージそのものであり、
海や剣を称えるために人間が用いたものだった。
それらは明日、甦ることだろう。
明日は fyr は fire ではなく、往古の
驚嘆なしに見ることは誰にも許されない、
穏やかな、変化するあの神となるだろう。

無辺の因果の
迷宮よ、称えられてあれ。
誰を見ることもない、すなわち他者を見ることのない
鏡をわたしに教える前に、それは、
一つの黎明期のことばについての
この純粋な考察の機会を与えてくれているのだ。

ルカス伝、三十三章

異教徒かヘブライ人か、それとも単に時のなかで
その顔を失ってしまった人間なのか。
彼の名前をつづる沈黙の文字を
忘却から救うことは、われわれはもはやしない。

彼には、ユダヤ[*1]が十字架に釘付けた
盗賊が心得ていた程度の
慈悲心しかなかった。それ以前のことについては
現在のわれわれは知るすべがない。十字に架けられて

*1―現在のパレスチナ南部に存在した古代ローマ領。

死ぬという最後の勤めを果しつつ、
彼は群集のあざけりの声のなかに、
かたわらで息絶えつつある者は神であるという
ことばを聞きつけて、ただ夢中で叫んだ、

「あなた様の王国にお着きになりましても
わたくし奴をお忘れなく！」すると思いがけず、
いずれはすべての人間を裁かれるお方の声が
怖ろしい十字架のうえから、彼に天国を

お約束くだされた。それ以上はことばを交すことなく
やがて終わりは訪れたが、二人が
息絶えたあの日の記憶が
絶えることは歴史が許さないだろう。

おお友よ、イエス・キリストのこの仲間の
天真さこそ、恥ずべき磔刑のさなかに
彼をして天国を願わせ、それを
得させたあの正直さこそ、実は
いくたびも彼を罪に落とし入れた、
血塗られた事件に巻き込んだ原因だったのだ。

アドロゲー[*1]

あやめも分かぬ闇にひそむ何者も、公園の
黒い花のなかに消えるわたしを
案じることはない。そこでは昔を
しのぶ恋と午後のけだるさに

ふさわしい有りようを、常に
同じ歌をさえずる隠れた鳥や、
めぐる流れ、園亭やおぼろな彫像、
怪しい廃墟などが織り上げつつあるのだ。

*1―ブエノスアイレス南方二十キロほどのところに位置し、ボルヘス家の別荘のあった町。

空虚な影のなかの空虚な車庫は、
ヴェルレーヌが愛し、フリオ・エレーラ[*2]が愛した、
塵あくたとジャスミンのこの世界の
揺らめく境を限る——わたしはそれを知っている。

ユーカリが影に添える
薬草めいた香り、その懐しい香りこそ、
時間と曖昧なことばを越えたところで、
あちこちの別荘の時を語るものなのだ。

わたしの足は目指す玄関に
辿りつく。その暗い上端は陸屋根で
限られ、格子模様の中庭では
規則正しい蛇口から水がしたたる。

*2―フリオ・エレーラ・イ・レイシグ。ウルグアイの詩人（一八七五―一九一〇）。イスパノアメリカのモデルニスモの最良の詩人の一人で、『山上の法悦』（一九〇四―〇七）や『バスクのソネット』（一九〇六）などの作品がある。

戸口の奥で眠っている
あの者たちは、夢の働きによって、
幻の闇のなかで、無涯の
過去と死物たちの主となる。

この古い屋敷のなかのすべてが
馴染みのものばかりだ。絶えず
くもった鏡に分身をもつ、灰色の
あの石に載せられた雲母片。

鉄環を口にくわえた獅子の
かしら、赤い世界と
別の緑の世界の美しさを

子供に教える、色とりどりのガラス。

それらは偶然と死を越えて
生き永らえる。それぞれに来歴はあるが、
しかしその一切は、記憶という
あの四次元の運命のなかで生起しているのだ。

今では記憶のなかに、ただ記憶のなかに
中庭も花壇も存在する。過去が
それらを、同時に宵の明星と朝明けを
囲む、あの禁断の環のなかに閉じこめている。

慎ましく懐しい物々からなる、精到な、
あの秩序を、なぜ捨てえたのだろうか？

楽園が最初の人アダムに与えた
薔薇のように、今では手の届かぬ物々。

あの屋敷を想うとき、哀歌にふさわしい
古風な悲嘆がわたしをさいなむ。
時と血と苦悩であるこのわたしが
時の過ぎゆくのを受け入れられないのだ。

詩法

時と水からなる河を眺め、
時がまた別の河であることを思い、
わたしたちは河のように消えることを、
顔は水のように過ぎていくことを知る。

目覚めとは夢みていないと夢みる
別の夢であり、わたしたちの肉が
怖れる死は、夢と人が呼んでいる、
あの夜毎の死だと感じる。

一日に、或いは一年に、人間の日々と
その年々の一個の象徴を見てとり、
歳月の暴虐を楽曲に、
さやめきに、象徴に換える。

死のうちに夢を、たそがれに
細やかな黄金を見る。これこそが
不滅の貧しい詩なのだ。詩は
黎明や落日のように回帰する。

ときおり夕暮れに、一つの影が
鏡の奥からわたしたちを凝視する。
芸術は自分の顔をわたしたちに教える
あの鏡のようなものにちがいない。

語り伝えによれば、オデュッセウスは驚異に倦み、
緑ゆたかな慎ましいイタカを望みみて
懐しさに泣いたという。芸術は驚異ではなく、
緑ゆたかな永遠のあのイタカなのだ。

それはまた、過ぎ去りながらそこに留まる
涯のない河に似ており、この涯のない河のように、
同じ人間であって別のそれである、変幻自在の
ヘーラクレイトスその人の鏡なのだ。

博物館

学問の厳密さについて

……あの王国では、地図学は完璧の極に達していて、一つの州の地図はある都市全体の、また王国の地図はある州全体の広さを占めていた。時代を経るにつれて、それらの大地図も人びとを満足させることができなくなり、地理学者の団体は集まって、王国に等しい広さを持ち、寸分違わぬ一枚の王国図を作製した。地図学に熱心な者は別にして後代の人びとは、この広大な地図を無用の長物と判断し、やや無慈悲の感があるが、火輪と厳寒の手にゆだねた。西方の砂漠のあちこちには、裂けた地図の残骸が今も残っているが、そこに住むのは獣と乞食たち、国じゅうを探っても在るのは地図学の遺物だけだという。
――スアレス・ミランダ『賢人の旅』(レイダ[*1]、一六五八年刊)の第四部、四十五章より。

*1―スペインはカタルニャ自治州の都市。

四行詩

他の者たちは死んだが、それは昔のこと、
(皆も知るとおり)最も死にふさわしい季節のこと。
ヤクーブ・アルマンスール[*2]の臣たるわたしも、薔薇や
アリストテレースにならって死なねばならぬのか。
――アルモクタディル・エル・マグレビの歌集(一二世紀)より。

*2―アルモアド王朝の三代目の王、ユースフ二世(一一八四―九九)。アリストテレースの注解で知られたアベロエスその他、多くの学者や文人らの庇護に当たった。

限界

二度と思い出さないであろうヴェルレーヌの一行があり、
わたしの足には禁じられている近くの通りがあり、
最後にわたしの姿を覗いた鏡があり、
この世の終わりまでと思いつつ閉めた扉がある。
(瞼に浮かぶが) わたしの書庫の本のなかには
決して開くことがないと思われるものがある。
この夏でわたしは五十歳を迎える。
死は休むことなく、わたしを衰弊させていく。

――フリオ・プラテロ・アエード『碑銘』(モンテビデオ、一九二三年刊)より。

詩人その名声を告白する

天上の円環はわたしの栄光を計り、
オリエントのかずかずの図書館はわたしの詩を奪いあい、
アラビアの王族はわたしを訪ねて口中を黄金で満たし、
天使らも最近の作であるわたしのセヘル[*1]を諳んじている。
わたしの仕事道具は汚辱と辛苦である。
いっそ死んで生まれれば良かったのでは。

――アブールカーシム・エル・ハドラミの歌集(一二世紀)より。

*1―中世スペインのイスラーム教徒によって用いられた詩形。

寛大なる敵

一一〇二年、マグヌス・バルフォット*1はアイルランドの諸王国平定の戦いを開始した。伝えられるところによれば、その死の前夜、彼はダブリンの王、ミュアチャータッチの以下のような挨拶を受け取ったという。

マグヌス・バルフォットよ、汝の軍勢とともに黄金と嵐
　が戦うであろう。
明日、我が王国の戦場における汝の戦さぶりは目覚まし
　いものがあるであろう。
王たる汝の怖るべき手は剣の布を織るであろう。

*1―ノルウェー王(一〇九三―一一〇三)。跣足王と呼ばれ、ヘブリディーズやオークニー諸島、マン島などを征服し、スウェーデン王とも戦った。

汝の剣に手向かう者たちは真紅の白鳥の餌食となるであろう。

汝の八百よろずの神は汝に惜しむことなく栄光を授け、汝を血で満すであろう。

アイルランドの地を踏んだ王よ、払暁には汝は凱歌を上げるであろう。

汝の長い生涯のいかなる日も、明日のごとく輝しいものではあるまい。

明日こそは汝の最後の日であるから。マグヌス王よ、誓ってもよい、
その光の失せる前に、マグヌス・バルフォットよ、余は汝をうち破り、汝を消し去るであろうから。


——H・ゲーリング『ヘイムスクリングラ補遺』[*2]（一七九三年刊）より。

*2—アイルランドの詩人スノッリ・ストゥルルソン（一一七八―一二四一）の主著の一つで、古代からスベリ王までのノルウェー王朝史。

Le regret d'Héraclite——ヘーラクレイトスの後悔

多くの人間であったわたしだが、その腕に抱かれてマティルデ・ウルバックが気を失った、あの男にはついになれなかった。

——ガスパール・カメラリウス『プロシアの詩人たちの喜び』第七歌・十六行。

J・F・K[*1]を悼みて

この弾丸は由緒あるものだ。

*1——ダラスで暗殺されたアメリカのジョン・フィツジェラルド・ケネディ大統領(一九一七—六三)。

それは、共犯者のいないことを暗示するために、長いあいだ人に会うのを避けていたというが、モンテビデオ生まれのアレドンドという青年によって一八九七年、ウルグアイ大統領[*2]に向かって発射された。その三十年前には同じ弾丸が、シェイクスピアの科白によってカエサルの殺害者マルクス・ブルトゥスに変身させられた一人の役者の犯罪的もしくは呪術的な行為を通じて、リンカーンの命を絶っていた。十七世紀の中葉、報復の手段に用いられたそれは、戦闘という公然たる大虐殺のさなかに、スウェーデン王グスタフ・アドルフ王[*3]に死を授けた。

それ以前にも弾丸は他のさまざまな物であったのだ。ピュタゴラス流の転生は人間だけのことではないからである。弾丸は、オリエントの大臣たちが受ける絹の綬章であり、アラモ[*4]の守備兵たちを撃破した小銃と銃剣であ

*2—一八九四年から一八九七年まで在職したファン・イリアルテ・ボルダを指す。

*3—リュツェンの戦いで死んだグスタフ二世(一五九四—一六三二)。

*4—テキサス独立の戦いで、一八三六年、サンタ・アナ将軍麾下のメキシコ軍によって全滅させられた砦。

り、ある女王の首を刎ねた三角の刃であり、救世主の肉と十字架の材をつらぬいた黒い釘であり、カルタゴの隊長が鉄の指環に隠していた毒薬であり、入りあいにソクラテスが呷った従容たる高杯であったのだ。

この世の始まりにカインがアベルに投じた石であったそれは、この先、今のわれわれが想像もしない、そして人間とその霊異不定の運命を終わらせることになる、多くの物になるにちがいない。

エピローグ

この雑録――それを編んだのは、わたしではなくて時間であり、異なった文学観によって書かれているため、今さら改訂する気になれなかった過去の作品も収められている――の本質的な単調さよりもむしろ、主題の地理的もしくは歴史的な多様性が見る眼に明らかであって欲しいと思う。これまで公刊したすべての書物のなかでも、とりとめない寄せ集めと見えるこの雑纂ほど個性的なものは他にないと思う。練り直しや書き入れが多く見られるからである。わたしの身には僅かなことしか起こらず、わたしはただ多くのものを読んだ。言い換えれば、ショーペンハウアーの思想もしくはイングランドのことばの音楽以上に記憶に値することは、わたしの身にはほとんど生じなかったのだ。

一人の人間が世界を描くという仕事をもくろむ。長い歳月をかけて、地方、王国、山岳、内海、船、島、魚、部屋、器具、星、馬、人などのイメージで空間を埋める。しかし、死の直前に気付く、その忍耐づよい線の迷路は彼自身の顔をなぞっているのだと。

J・L・B

一九六〇年十月三十一日、ブエノスアイレスにて。

解説

鼓直

ボルヘスのよく知られた詩文集の一つである『群虎黄金』に「短歌」という題名の六篇の五行詩が含まれており、「この試みが、果たして東洋人の耳にどう響くか」云々の断り書がわざわざ注として添えられているので、二篇ほどを披露すると、「山のいただきの　高い／庭をひたす月／こがねの月／はるかに美しい　影に／触れる　君のくちびる」、「闇に隠れた／鳥の声も／すでに黙して／君は庭をさまよう／満たされぬ想いの故に」といった具合である。原詩が模している五七五七七の形式で訳し戻せれば(?)なお良いと思うが、それらの作品のおおよその雰囲気はこれでも窺えるだろう。

実は一九五〇年代に入ってから、ボルヘスの創作、とくに詩作にある顕著な変化が現われる。その家系に属する者の多くを苦しめてきた眼疾がボルヘスの場合も急激に悪化して、八度におよぶ手術の甲斐もなく半盲の状態に陥り《幽冥》の世界にさまよう結果になったときから、ボルヘスはそれまでの無韻詩の制作をほとんど廃してしまった。もっぱら記憶にたよりつつ重ねる推敲にとって便利な押韻や歩格を有する、古典的な定型詩を代って書くようになったのだ。

前記の「短歌」は、おそらく、そうした全体的な創作の方法の変化が生じたなかで、たまたま試みられた飽くまで気慰み的な作品なのだろう。そうに違いないと思うが、しかし数多い詩篇のなかでも他に類のないこの「短歌」を、たとえば『汚辱の世界史』における「不作法な式部官上野介」、或いは『幻獣辞典』のなかの「八岐大蛇」や「神」といった小品とともに、われわれに対してボルヘスから与えられた、ささやかながら貴重な贈り物と見なすことは、勝手な思い込みにもせよ、決して不可能なことではないだろう。そして、われわれも贈り主に対して、すでに十分な返礼をもって応えているのである。『伝奇集』『不死の人』『ブロディーの報告書』『ボルヘスとわたし——自撰短篇集』その他、多数の訳書がそれだ。この『創造者』(*El hacedor*, Buenos Aires, Emecé, 1960)もまたそうしたボルヘスへのオマージュの一冊に他ならない。

実のところ、一九七四年の八月、メキシコの著名な雑誌「プルラル」に「ボルヘス、ボルヘスを裁く」という短い対談が掲載された。それによると、ボルヘスは予定されている一巻本の全集のために旧作に手を入れつつあり、とくに詩への加筆に力を注いでいる模様だったが、その対談でボルヘスが、「できれば五、六ページ程度のものに全作品をつづめたいものだ」と語っているのがとくに眼を惹いた。「誰もがバロック的な書き方をする時代にあって、単純な書き方をしたこと」が現代の文学に対する彼自身の寄与だと、かつて別の場所で語ったことのあるボルヘスだけに、またその文学観の微妙な変化に応じて、矛盾さえ恐れずに過去の作品のあれこれを指斥するボルヘスだけに、あのことばは嘘いつわりのない本心ではないかという気がする。形式と内容のいずれの面でも、凝縮と洗練を厳しく心がけてきたのが彼なのだ。現実には彼の願いはかなえられるはずはない。にもかかわらずその希望を口にしたとすれば、それはボルヘス自身の脳裡に強烈なイメージとして、《一冊の書物》であるこの『創造者』が焼き付いているからではあるまいか。これが見当はずれな推量ではないことを証するものが、実は、前記の『ボルヘスとわたし――自撰短篇集』のほぼ四分の一を占める「自伝風エッセー」のなかに見出される。

一九五四年から五九年にかけて散文や詩の小品を書き、ビクトリア・オカンポの主宰する「スル」誌に発表したりしていたボルヘスは、ある日、エメセー書店の編集者カルロス・フリーアスの訪問を受け、『全集』に第九巻として加えるべき原稿を求められた。そこまでの用意のないことを言ったが、執拗にねばられて書斎の棚や机の引き出しをかき回し、一年ほどの時間をかけて寄せ集めたものを整理して『創造者』の名の下に世に送る結果になった。「驚くべきことに、書いたというよりは蓄積したというべきこの本が、わたしには最も個性的に思われ、わたしの好みからいえば、おそらく最上の作品なのである。その理由は至極簡単、『創造者』のどのページにも埋草がないということである。短い詩文の一篇、一篇がそれ自体のために、内的必然にかられて書かれている」(牛島信明訳)と、ボルヘスは問題の「自伝風エッセー」で述べている。最上の仕事をすでになし終えたと思っていたらしい当時のボルヘスだが、その世界への参入に最も恰好なこの詩文集をボルヘスの《文学大全》と呼んだ批評家がいることも承知していたに違いない。

リチャード・バーギンの『ボルヘスとの対話』に「生きている迷宮としての世界の文学」(柳瀬尚紀訳)ということばが見られる。ボルヘスがこの迷宮に植え添えたいと願う、まさに「黄色い薔薇」――《芸術》の暗喩――であるはずだが、その『創造者』は、前半が散文の作品、後半が韻文の作品から構成されている。前者は、わずかに半ページほどのものや、せいぜい二、三ページの長さのもので占められ、しかもそれらが、ストーリー的な骨格を一応そなえた作品、寓話ふうのもの、断想めいた作品、単なるスケッチでしかないものを含んでいて、一種紛然とした印象を与えずにはいない。一方、後者を見ると、ここでも韻律、歩格の相違が大いに目立つ長短さまざまな作品が混在しているだけでなく、とくに巻末の「博物館」中の数篇のように、実在しない作者の架空の書物からの引用までが含まれていて、やはり、その成り立ちに由来する雑然とした趣きがある。詩文集という呼び方もいいが、『創造者』によりふさわしいのは雑録、雑纂といった類いのことばのようだ。

しかし、そのような構成上の紛然とした印象は、そこに収められた作品を読み進むにつれて、単なる表面的なまやかしにすぎないことが明らかになる。アメリカの黒人詩人ポール・ローレンス・ダンバー(一八七二―一九〇六)の「哀歌」に見出されるmakerという語を借りてスペイン語に翻訳したというが、hacedorすなわち《創造者》とは《詩人》を指す。実際に、六十篇に近い作品に接して読者が感得させられるのも、ジャンルの類別などを超えた、まさに本源的な《詩》の直截的な現前である。「エピローグ」のボルヘスが恐れる「本質的な単調さ」をもじって言えば、文学そのものの複雑にして「単調なる本質」である。

『創造者』は、ボルヘスやマセドニオ・フェルナンデスらが代表していたアルゼンチンの前衛派が、前代の《モデルニスモ》の詩の総帥として激しい敵意で相対した、レオポルド・ルゴネスに捧げられている。生をことばに換えるという仕事に孜々として励んできたボルヘスが、「書物の引力を、ある秩序が支配する静謐な場を、みごとに剝製化して保存された時間を」感じさせる書冊の迷宮に立ちながら、同じ図書館長を勤めたこともあり、一九三八年に六十四歳で自殺を遂げた『感情の太陰暦』の詩人を追想する献辞には、パセティックな美しさがあふれている。盲目の幽冥を、迫りくる死の確実な予兆を見ながら、「明日はわたしも死ぬ、わたしたち二人の時はない交ぜられ、年譜はかずかずの象徴の世界に消える」だろうと結ぶとき、ボルヘスはこの本を、彼の《大遺言書》に見立てているのではないかという印象さえ抱かされる。

『伝奇集』や『不死の人』『審問』などの初期の作品のなかにボルヘスの個人的な感情の発現をただちに見出すことは難しい。ときたま作品の片隅に告白めいたものとして挟まれることがないでもないが、それらはおおむね、錯綜した知的なからくりの下に深く隠されてしまっている。ところが、『創造者』の場合には随所に彼の等身の影らしきものを認め、肉声めいたものを聞くことができるのだ。たとえば、表題作の「創造者」の無名の主人公はボルヘスに代って、ストイックな廉恥心を知らぬまま、確実に「視力が失われつつある」と悟ったとき悲痛な絶叫をその口からほとばしらせる。「限界」のなかで「死は休むことなくわたしを衰弊させていく」ことを想う五十路の詩人は、「わたしの仕事道具は汚辱と辛苦である。いっそ死んで生まれれば良かったのでは」という、スペインのバロック詩人ケベードのある詩篇に聞くような憂悶の声を上げる(「詩人その名声を告白する」)。マセドニオ・フェルナンデスを相手に肉体の死の無意味と不死の問題を論じ、自殺の申し出を受け入れた、或いは受け入れたと思われるAなる人物は、おそらくボルヘスの投影なのだろう(「ある会話についての会話」)。「同じく遥かな黄金の渚で/朽ちもせず待っているお前の秘宝、無量の漠々たる人並みの死」を視ている盲目のピューは、「時間と血と苦悶」に他ならないボルヘスの自在な転生の一つの姿であるに違いないのだ。ついでだが、『ブロディーの報告書』はともかく、『創造者』以後に書かれた上記の『幽冥礼賛』や『群虎黄金』などの作品集を繙くときにも、あの「《偶然》ということばで名付けられない何か」、すなわち頽齢と盲目と死の《運命》に直面した一人の老者としてのボルヘスの、わが身の衰残を哀しむ絶望と懊悩、悲嘆の声は聞き届けられる。ただ、読者がここで見過してはならないのは、《楽園=図書館》に身をおきながら、「みごとな皮肉によって同時に/書物と闇をわたしに授けられた、神の/巧詐をのべ」ている「天恵の歌」などに典型的に見られるもので、一面、あの苛酷な運命を従容として受け入れようとする高貴でヒロイックな諦念の存在である。

ボルヘスにあっては稀だと思われていたため確かに胸打たれるあの哀声には、深く沈潜した諦観もこめられているのだ。文体においてつねに精確と簡潔をめざし、個人としての具体的な経験から生じた根源的な感情も抽象化と普遍化をとおしてしか表現しないボルヘスは、老年の幽暗な内面世界の奥底に隠れているものを生のままに、あられもない感傷として露呈することはやはり好まない。深い悲愁も何らかのかたちで一種澄明なものへと昇華させる。言ってみれば、ボルヘスはロマンティックな古典主義者なのだ。彼の初期の作品を知る者には明白な事実で、ボルヘスは当初から、この世界についての経験のすべてを調和的かつ観念的なヴィジョンによって、或いは絶対的な価値への信仰によって可能なかぎり整序し、純粋な形式もしくは元型を追い求めてきた。個の特殊性よりは種の普遍性を、瞬間のものではなく超時間的なものを、というのがボルヘスの変わらざる志向だった。上述のように、きわめて個人的な心境や感懐が容易に拾い出せる『創造者』にあっても、その志向が全体的に放擲されているということはない。

もろびとの「記憶の凹面にその響きを残す」ことをその使命とする《創造者》の

一人であるボルヘス。彼にとって創造の行為とは、おそらく他のすべての者にとってと同様に、この渾沌と無秩序を特性とする世界の隠された企図の探測であり、そのなかで不吉な増殖をはかる一切の存在の真の形相の認識であり、最後に、それらの秘儀的な営みそのものの在りようの開示にほかならない。「エピローグ」で望んでいるような地理的・歴史的もしくは空間的・時間的な自在な転移と変化《へんげ》を可能にする、古今東西にわたった博大きわまりない学殖も、それ自体がファンタスティックであって眩暈的な愉楽へと人を誘うが、結局のところその一切が、上記のような生と芸術の究極的な意味の明晰な開示のために奉仕させられるのである。バークレイ、ヘーラクレイトス、スピノザ、ショペンハウアー、シェイクスピア、セルバンテス等の先達の存在そのものと思想とは、「天国篇、第三十一歌、一〇八行」や「J・F・Kを悼みて」に示された転生を信じるボルヘスによって骨肉化され、作品のなかでは、或いはそのままの姿や引用というかたちで、或いは彼にとっての根基的な象徴、暗喩であるところの《迷宮》《鏡》《水》《月》《虎》《夢》などのかたちで立ち現われて、「多にして一なる」ボルヘスの形而上的な世界を啓示する。

「漠たる偶然もしくは精密な法則」のいずれで支配されているかは、過去と未来とのはざまに断截面をさらす現在という瞬間で事象を捉えるか、無限に連鎖する円環的な超時間、永遠もしくは悠久の時のうえで、同じく無際限な反復をくり返すものとして事象を眺めるかの違いであり、ボルヘスにとって世界は基本的にカオスに他ならない。それは塵や偶然や空虚などの灰色の世界である。脆くもはかない時間の偶然の産物としてそこに投げ出された人間は、「生殖の／行為さながら世界を増殖させていく」鏡、「影のように虚しい存在だということ」を教えるために神が作られた鏡の前に立たされたように、現実と夢、客体と主体の区別が無限の反復と照応のなかで失われていくのを、おぼろになりゆく意識によって辛うじて知覚し、不吉な恐怖と甚だしい眩暈の奈落に突き落とされる。おそらくこの感覚は、そこに足を踏み入れる者に耐えがたい昏迷と罔惑を強いるために、あの「象棋」の差し手の背後のさらに背後にいる者によって、全知の巧妙な設計者によって意匠され構築された迷宮のなかで、戦慄とともに味わうそれとも全く同質のものであるに違いない。世界は仮象であり、神によって夢みられている存在にすぎない人間ももとより仮象である。彼には隠された意図に支配されながら「夢みていないと夢みる／別の夢」としての生を、或いは時間と水からなっている河である生を、或いは神の夢に現われるさまざまな形象のなかの一つにすぎない生を、これまた夜毎にみる夢に似た死の彼岸に向かって、人は運んでいるだけなのだ。

『創造者』に収められている作品のそれぞれが、言ってみれば一枚の鏡であり、一行一句がそのきららな砕片である。それらは互いに照応し、無際限の反映のなかでボルヘスの世界そのものの境をめくるめく無限にまで拡大するが、なかでも「王宮の寓話」は、上述のようなカオスとしての世界の認識を核にしたボルヘスの思想、形而上学的な世界を最もよく形象化した作品としてよく挙げられる。王宮は、杜松の生垣とともに《鏡》が到るところに配され、「ごく軽微ながら連続的に曲がっていて、密かに円を形づく」る庭園からなり、方向喪失の感覚を与える魔境的な《迷宮》にほかならず、そのなかの六角形の広間には、休むことなく不可逆の時の流れを測る《水》時計が置かれている。その生と死によって截然と断たれ、プローテウスの変幻とヘーラクレイトスの転生へのあこがれも所詮は観念の迷妄でしかないであろう人間存在の、時空いずれの次元でも《牢者》的な在りようが、明確なイメージによって紛れもなくそこに示されていることを、誰しも感じないわけにはいかない。しかし、「王宮の寓話」の寓意はそこでは終わらず、『創造者』のいま一つの重要なモチーフであるところの、創造の行為と創造者自身が担っていると思われる意味が、物語の後半で浮かび上ってくるのだ。微妙な濃淡の色彩が眼を奪う、百歩ごとに聳えて「無限の系列」を作っている塔の最後から二番目のものの下で、詩人は「無涯の過去からそこに住んだ人間や神々や竜の栄えある王朝を襲った不幸な、或いは幸福な時のすべてを含めて、宏壮な王宮の全体が細部まで歌い込まれ」た一行もしくは一語の詩をくちずさむが、この「宇宙を包含することば」を発したまさにその科で、《王宮＝宇宙》の絶大な《支配者＝神》である帝王の命によって、不滅の命と同時に死を賜る。世界の創造者である神という存在に、ことばによるやはり一個の宇宙の創造者としての詩人はなぞらえられるが、しかし結局のところ、そのような対比が不遜なおごりでしかないことを、この簡潔な寓話は語っている。

集中でもかなり長い詩篇「月」によれば、「それぞれの事物に、正しい真実の／

いまだ知られざる名称を与える」者であり、つまりは「一冊の書物に／宇宙を要約するという途方もない／もくろみを抱」いている者である詩人の営為のもつ力について、ボルヘスは悲観的なのだ。別の詩篇「地獄篇、第一歌、三十二行」で言われているとおり、われわれの「単純な心にとっては余りにも複雑な」からくりを秘め、存在の莫大きわまる語彙で満ちあふれた宇宙を解読し表現することは到底不可能なことである。その最も悽愴無慚《せいそうむざん》なアレゴリーが巻末の「学問の厳密さについて」の一篇だと思われる。完璧な程度にまで完成された地図学によって学者たちは、その国の版図と同大であり寸分狂いのない地図を作製するが、後世の人びとは無用の長物としてそれを雨風の下に放置し、精緻な地図はついに、獣や乞食の住む「地図の残骸」と化するというのだが、地図を詩と、地図学者を詩人と読み替えるのは決して難しいことではないだろう。イタリアの詩人ジョバンニ・バッティスタ・マリーノがホメーロスやダンテと同様に、その死の直前に、高杯に投げ入れられた花を見て神の啓示を受ける情景を描いた「黄色い薔薇」もまた、すべての芸術的な営為に影のように添う虚しさの感覚に、より穏かながら隈なくひたされている。マリーノは花を眺めるうちに、「それは彼のことばのなかではなく己れの永遠のなかに生きており、薔薇を記述や暗示することはともかく、表現することはできないこと」を、また彼の栄光の証しとして「広間の隅に黄金の影を落としている、うずたかい、誇らかな書物は(彼の夢みたような)世界の鏡ではなく、世界に添えられた、さらに一つの物でしかないことを悟」る。「エピローグ」のなかのある男もまた、世界の姿を描くという渇望に取り憑かれ、長い歳月かけてある空間をイメージで埋め尽くすが、同じように死の間際に、「その忍耐づよい線の迷路は彼自身の顔をなぞ」るものにすぎなかったことを思い知る。「Everything and Nothing」におけるシェイクスピアの告白のとおりに、彼自身のアイデンティティそのものへの懐疑のなかでなおかつその証明のために書き続ける、或いは「呪わしい非現実感」の奈落に落ちながらも「生きること、夢みること、演じることとの根本的な一致」を信じつつ創造に賭けなければならない詩人の営みの虚しさこそ、あれらの寓話がくり返し語っているところのものだ。一世代若いアルゼンチンの作家エルネスト・サバトは、ボルヘスにおけるこのような執拗な《類語反復》を批難しているが、われわれがそこに聴くのはむしろ、単純なように見えるその施律のうちに、無限の深みと豊かさを響かせる同一主題の変奏、転調ではないだろうか。

この『創造者』をボルヘスの《文学大全》と呼んだ評者の存在することはすでに言った。これまでに訳者として触れなかったことや、触れてはいるもののその内容と矛盾することが、そこには数多くある。おそらく粗漏のない万全の解義のためには、あの『伝奇集』のなかの「『ドン・キホーテ』の著者、ピエール・メナール」にならって、ボルヘスの生の書であり詩の本である『創造者』を、一言一句も違えることなくここに筆写すべきだろう。それが許されぬ以上、この本のすべてを、いや、ボルヘス流の真実の慎ましさにしたがえば、この本の語ろうとすることの半ばを超えるものをよく表わしているケベードの一句、「わたしの墓碑銘は血塗られた月」でこれを結ばねばならない。

今回も編集部の入谷芳孝氏に大変お世話になりました。深く感謝いたします。

二〇〇九年五月

〔編集付記〕

本書は鼓直訳『創造者』(「世界幻想文学大系　第十五巻」国書刊行会、一九七五年五月刊行)を文庫化したものである。今回の文庫化にあたっては、本文に加筆修訂をほどこし、訳注を追加した。

(岩波文庫編集部)

創《そう》造《ぞう》者《しゃ》 J.L. ボルヘス作

2009 年 6 月 16 日　第 1 刷発行
2022 年 4 月 15 日　第 9 刷発行

訳　者　鼓《つづみ》　直《ただし》

発行者　坂本政謙

発行所　株式会社 岩波書店
〒101-8002 東京都千代田区一ツ橋 2-5-5

案内 03-5210-4000　営業部 03-5210-4111
文庫編集部 03-5210-4051
https://www.iwanami.co.jp/

印刷・精興社　製本・牧製本

ISBN 978-4-00-327922-9　Printed in Japan

読書子に寄す

――岩波文庫発刊に際して――

岩波茂雄

真理は万人によって求められることを自ら欲し、芸術は万人によって愛されることを自ら望む。かつては民を愚昧ならしめるために学芸が最も狭き堂宇に閉鎖されたことがあった。今や知識と美とを特権階級の独占より奪い返すことはつねに進取的なる民衆の切実なる要求である。岩波文庫はこの要求に応じそれに励まされて生まれた。それは生命ある不朽の書を少数者の書斎と研究室とより解放して街頭にくまなく立たしめ民衆に伍せしめるであろう。近時大量生産予約出版の流行を見る。その広告宣伝の狂態はしばらくおくも、後代にのこすと誇称する全集がその編集に万全の用意をなしたるか。千古の典籍の翻訳企図に敬虔の態度を欠かざりしか。さらに分売を許さず読者を繋縛して数十冊を強うるがごとき、はたしてその揚言する学芸解放のゆえんなりや。吾人は天下の名士の声に和してこれを推挙するに躊躇するものである。このときにあたって、岩波書店は自己の責務のいよいよ重大なるを思い、従来の方針の徹底を期するため、すでに十数年以前より志して来た計画を慎重審議この際断然実行することにした。吾人は範をかのレクラム文庫にとり、古今東西にわたって文芸・哲学・社会科学・自然科学等種類のいかんを問わず、いやしくも万人の必読すべき真に古典的価値ある書をきわめて簡易なる形式において逐次刊行し、あらゆる人間に須要なる生活向上の資料、生活批判の原理を提供せんと欲する。この文庫は予約出版の方法を排したるがゆえに、読者は自己の欲する時に自己の欲する書物を各個に自由に選択することができる。携帯に便にして価格の低きを最主とするがゆえに、外観を顧みざるも内容に至っては厳選最も力を尽くし、従来の岩波出版物の特色をますます発揮せしめようとする。この計画たるや世間の一時の投機的なるものと異なり、永遠の事業として吾人は微力を傾倒し、あらゆる犠牲を忍んで今後永久に継続発展せしめ、もって文庫の使命を遺憾なく果たさしめることを期する。芸術を愛し知識を求むる士の自ら進んでこの挙に参加し、希望と忠言とを寄せられることは吾人の熱望するところである。その性質上経済的には最も困難多きこの事業にあえて当たらんとする吾人の志を諒として、その達成のため世の読書子とのうるわしき共同を期待する。

昭和二年七月

《イギリス文学》〔赤〕

- ユートピア　トマス・モア　平井正穂訳
- 完訳カンタベリー物語 全三冊　チョーサー　桝井迪夫訳
- ヴェニスの商人　シェイクスピア　中野好夫訳
- 十二夜　シェイクスピア　小津次郎訳
- ハムレット　シェイクスピア　野島秀勝訳
- オセロウ　シェイクスピア　菅泰男訳
- リア王　シェイクスピア　野島秀勝訳
- マクベス　シェイクスピア　木下順二訳
- ソネット集　シェイクスピア　高松雄一訳
- ロミオとジューリエット　シェイクスピア　平井正穂訳
- リチャード三世　シェイクスピア　木下順二訳
- 対訳シエイクスピア詩集 —イギリス詩人選(1)　柴田稔彦編
- から騒ぎ　シェイクスピア　喜志哲雄訳
- 言論・出版の自由 他一篇 —アレオパジティカ　ミルトン　原田純訳
- 失楽園 全二冊　ミルトン　平井正穂訳
- ロビンソン・クルーソー 全二冊　デフォー　平井正穂訳
- 奴婢訓 他一篇　スウィフト　深町弘三訳
- ガリヴァー旅行記　スウィフト　平井正穂訳
- ジョウゼフ・アンドルーズ 全二冊　フィールディング　朱牟田夏雄訳
- トリストラム・シャンディ 全三冊　ロレンス・スターン　朱牟田夏雄訳
- ウェイクフィールドの牧師 —むだばなし　ゴールドスミス　小野寺健訳
- 幸福の探求 —アビシニアの王子ラセラスの物語　サミュエル・ジョンソン　朱牟田夏雄訳
- マンフレッド　バイロン　小川和夫訳
- 対訳ブレイク詩集 —イギリス詩人選(4)　松島正一編
- 対訳ワーズワス詩集 —イギリス詩人選(3)　山内久明編
- 湖の麗人　スコット　入江直祐訳
- キプリング短篇集　橋本槙矩編訳
- 対訳コウルリッジ詩集 —イギリス詩人選(7)　上島建吉編
- 高慢と偏見 全二冊　ジェーン・オースティン　富田彬訳
- ジェイン・オースティンの手紙　新井潤美編訳
- 対訳テニスン詩集 —イギリス詩人選(5)　西前美巳編
- 虚栄の市 全四冊　サッカリー　中島賢二訳
- 床屋コックスの日記・馬丁粋語録　サッカレ　平井呈一訳
- デイヴィッド・コパフィールド 全五冊　ディケンズ　石塚裕子訳
- 炉辺のこほろぎ　ディケンズ　本多顕彰訳
- ボズのスケッチ 短篇小説篇 全二冊　ディケンズ　藤岡啓介訳
- アメリカ紀行 全二冊　ディケンズ　伊藤弘之・下笠徳次・隈元貞広訳
- イタリアのおもかげ　ディケンズ　伊藤弘之・下笠徳次・隈元貞広訳
- 大いなる遺産 全二冊　ディケンズ　石塚裕子訳
- 荒涼館 全四冊　ディケンズ　佐々木徹訳
- 鎖を解かれたプロメテウス　シェリー　石川重俊訳
- ジェイン・エア 全二冊　シャーロット・ブロンテ　河島弘美訳
- 嵐が丘 全二冊　エミリー・ブロンテ　河島弘美訳
- アルプス登攀記 全二冊　ウィンパー　浦松佐美太郎訳
- アンデス登攀記 全二冊　ウィンパー　大貫良夫訳
- ハーディ テス 全二冊　井上宗次・石田英二訳
- 緑の木蔭 —和蘭派田園画　トマス・ハーディ　阿部知二訳
- 緑の館 —熱帯林のロマンス　ハドソン　柏倉俊三訳
- ジーキル博士とハイド氏　スティーヴンスン　海保眞夫訳
- 新アラビヤ夜話　スティーヴンスン　佐藤緑葉訳

南海千一夜物語	スティーヴンスン 中村徳三郎訳
若い人々のために 他十一篇	スティーヴンスン 岩田良吉訳
マーカイム・壜の小鬼 他五篇	スティーヴンソン 高松雄一 高松禎子訳
怪談 —不思議なことの物語と研究	ラフカディオ・ハーン 平井呈一訳
心 —日本の内面生活の暗示と影響	ラフカディオ・ハーン 平井呈一訳
ドリアン・グレイの肖像	オスカー・ワイルド 富士川義之訳
サロメ	ワイルド 福田恆存訳
嘘から出た誠	ワイルド 岸本一郎訳
童話集 幸福な王子 他八篇	オスカー・ワイルド 富士川義之訳
人と超人	バーナド・ショー 市川又彦訳
分らぬもんですよ	バァナード・ショウ 市川又彦訳
ヘンリ・ライクロフトの私記	ギッシング 平井正穂訳
南イタリア周遊記	ギッシング 小池滋訳
闇の奥	コンラッド 中野好夫訳
密偵	コンラッド 土岐恒二訳
コンラッド短篇集	中島賢二編訳
対訳 イェイツ詩集	高松雄一編

月と六ペンス	モーム 行方昭夫訳
人間の絆 全三冊	モーム 行方昭夫訳
サミング・アップ	モーム 行方昭夫訳
モーム短篇選 全二冊	行方昭夫編訳
アシェンデン —英国情報部員のファイル	モーム 中島賢二 岡田久雄訳
お菓子とビール	モーム 行方昭夫訳
ダブリンの市民	ジョイス 結城英雄訳
荒地	T・S・エリオット 岩崎宗治訳
悪口学校	シェリダン 菅泰男訳
オーウェル評論集	小野寺健編訳
パリ・ロンドン放浪記	ジョージ・オーウェル 小野寺健訳
カタロニア讃歌	ジョージ・オーウェル 都築忠七訳
動物農場 —おとぎばなし	ジョージ・オーウェル 川端康雄訳
対訳 キーツ詩集 —イギリス詩人選(10)	宮崎雄行編
キーツ詩集	中村健二訳
阿片常用者の告白	ド・クインシー 野島秀勝訳
20世紀イギリス短篇選 全二冊	小野寺健編訳

オルノーコ 美しい浮気女	アフラ・ベイン 土井治訳
イギリス名詩選	平井正穂編
タイム・マシン 他九篇	H・G・ウェルズ 橋本槇矩訳
解放された世界	H・G・ウェルズ 浜野輝訳
大転落	イーヴリン・ウォー 富山太佳夫訳
回想のブライズヘッド 全二冊	イーヴリン・ウォー 小野寺健訳
愛されたもの	イーヴリン・ウォー 中村健二 出淵博訳
フォースター評論集	小野寺健編訳
白衣の女 全三冊	ウィルキー・コリンズ 中島賢二訳
対訳 ブラウニング詩集 —イギリス詩人選(6)	富士川義之編
灯台へ	ヴァージニア・ウルフ 御輿哲也訳
船出 全二冊	ヴァージニア・ウルフ 川西進訳
アーネスト・ダウスン作品集	南條竹則編訳
ヘリック詩鈔	森亮訳
フランク・オコナー短篇集	阿部公彦訳
たいした問題じゃないが —イギリス・コラム傑作選	行方昭夫編訳
英国ルネサンス恋愛ソネット集	岩崎宗治編訳

文学とは何か
―現代批評理論への招待 全二冊
テリー・イーグルトン
大橋洋一訳

D・G・ロセッティ作品集
南條竹則
松村伸一編訳

真夜中の子供たち 全二冊
サルマン・ラシュディ
寺門泰彦訳

《アメリカ文学》〔赤〕

ギリシア・ローマ神話 付インド・北欧神話 — ブルフィンチ 野上弥生子訳
中世騎士物語 — ブルフィンチ 野上弥生子訳
フランクリン自伝 — 松本慎一・西川正身訳
フランクリンの手紙 — 蕗沢忠枝編訳
スケッチ・ブック 全二冊 — アーヴィング 齊藤昇訳
アルハンブラ物語 全二冊 — アーヴィング 平沼孝之訳
ウォルター・スコット邸訪問記 — アーヴィング 齊藤昇訳
エマソン論文集 全二冊 — 酒本雅之訳
完訳 緋文字 — ホーソーン 八木敏雄訳
哀詩 エヴァンジェリン — ロングフェロー 斎藤悦子訳
黒猫・モルグ街の殺人事件 他五篇 — ポオ 中野好夫訳
対訳 ポー詩集 —アメリカ詩人選(1) — 加島祥造編
ユリイカ — ポオ 八木敏雄訳
ポオ評論集 — 八木敏雄編訳
森の生活(ウォールデン) 全二冊 — ソロー 飯田実訳
市民の反抗 他五篇 — H・D・ソロー 飯田実訳

白鯨 全三冊 — メルヴィル 八木敏雄訳
ビリー・バッド — メルヴィル 坂下昇訳
ホイットマン自選日記 全二冊 — 杉木喬訳
対訳 ホイットマン詩集 —アメリカ詩人選(2) — 木島始編
対訳 ディキンソン詩集 —アメリカ詩人選(3) — 亀井俊介編
不思議な少年 — マーク・トウェイン 中野好夫訳
王子と乞食 — マーク・トウェーン 村岡花子訳
人間とは何か — マーク・トウェイン 中野好夫訳
ハックルベリー・フィンの冒険 全二冊 — マーク・トウェイン 西田実訳
いのちの半ばに — ビアス 西川正身訳
新編 悪魔の辞典 — ビアス 西川正身編訳
ビアス短篇集 — 大津栄一郎編訳
ヘンリー・ジェイムズ短篇集 — 大津栄一郎編訳
あしながおじさん — ジーン・ウェブスター 遠藤寿子訳
荒野の呼び声 — ジャック・ロンドン 海保眞夫訳
どん底の人びと —ロンドン1902 — ジャック・ロンドン 行方昭夫訳
死の谷 マクティーグ 全二冊 — ノリス 石田英二・井上宗次訳

熊 他三篇 — フォークナー 加島祥造訳
響きと怒り 全二冊 — フォークナー 平石貴樹・新納卓也訳
アブサロム、アブサロム! 全二冊 — フォークナー 藤平育子訳
八月の光 全二冊 — フォークナー 諏訪部浩一訳
オー・ヘンリー傑作選 — 大津栄一郎訳
黒人のたましい — W・E・B・デュボイス 木島始・鮫島重俊・黄寅秀訳
フィッツジェラルド短篇集 — 佐伯泰樹編訳
アメリカ名詩選 — 亀井俊介・川本皓嗣編
魔法の樽 他十二篇 — マラマッド 阿部公彦訳
青白い炎 — ナボコフ 富士川義之訳
風と共に去りぬ 全六冊 — マーガレット・ミッチェル 荒このみ訳
対訳 フロスト詩集 —アメリカ詩人選(4) — 川本皓嗣編
とんがりモミの木の郷 他五篇 — セアラ・オーン・ジュエット 河島弘美訳

《ドイツ文学》〔赤〕

ニーベルンゲンの歌 全二冊　相良守峯訳
若きウェルテルの悩み　ゲーテ　竹山道雄訳
ヴィルヘルム・マイスターの修業時代 全三冊　ゲーテ　山崎章甫訳
イタリア紀行 全三冊　ゲーテ　相良守峯訳
ファウスト 全二冊　ゲーテ　相良守峯訳
ゲーテとの対話 全三冊　エッカーマン　山下肇訳
スペインの太子 ドン・カルロス　シルレル　佐藤通次訳
改訳 オルレアンの少女　シルレル　佐藤通次訳
ヒュペーリオン —希臘の世捨人　ヘルデルリーン　渡辺格司訳
青い花　ノヴァーリス　青山隆夫訳
夜の讃歌・サイスの弟子たち 他一篇　ノヴァーリス　今泉文子訳
完訳 グリム童話集 全五冊　金田鬼一訳
黄金の壺　ホフマン　神品芳夫訳
ホフマン短篇集　池内紀編訳
O侯爵夫人 他六篇　クライスト　相良守峯訳
影をなくした男　シャミッソー　池内紀訳

流刑の神々・精霊物語　ハイネ　小沢俊夫訳
冬物語 —ドイツ　ハイネ　井汲越次訳
芸術と革命 他四篇　ワーグナア　北村義男訳
ブリギッタ・森の泉 他一篇　シュティフタ―　宇多五郎・高安国世訳
みずうみ 他四篇　シュトルム　関泰祐訳
村のロメオとユリア　ケラー　草間平作訳
沈鐘　ハウプトマン　阿部六郎訳
地霊・パンドラの箱 —ルル二部作　F・ヴェデキント　岩淵達治訳
春のめざめ　F・ヴェデキント　酒寄進一訳
ゲオルゲ詩集　手塚富雄訳
花・死人に口なし 他七篇　シュニッツラー　番匠谷英一・山本有三訳
リルケ詩集　高安国世訳
ドゥイノの悲歌　リルケ　手塚富雄訳
ブッデンブローク家の人びと 全三冊　トーマス・マン　望月市恵訳
トオマス・マン短篇集　実吉捷郎訳
魔の山 全二冊　トーマス・マン　関泰祐・望月市恵訳
トニオ・クレエゲル　トオマス・マン　実吉捷郎訳

ヴェニスに死す　トオマス・マン　実吉捷郎訳
車輪の下　ヘルマン・ヘッセ　実吉捷郎訳
青春はうるわし 他三篇　ヘッセ　関泰祐訳
漂泊の魂 —クヌルプ　ヘルマン・ヘッセ　相良守峯訳
デミアン　ヘルマン・ヘッセ　実吉捷郎訳
シッダルタ　ヘッセ　手塚富雄訳
ルーマニア日記　カロッサ　高橋健二訳
若き日の変転　カロッサ　斎藤栄治訳
幼年時代　カロッサ　斎藤栄治訳
指導と信従　カロッサ　国松孝二訳
ジョゼフ・フーシェ —ある政治的人間の肖像　シュテファン・ツワイク　高橋禎二・秋山英夫訳
変身・断食芸人　カフカ　山下肇・山下萬里訳
審判　カフカ　辻瑆訳
カフカ短篇集　池内紀編訳
カフカ寓話集　池内紀編訳
三文オペラ　ブレヒト　岩淵達治訳
肝っ玉おっ母とその子どもたち　ブレヒト　岩淵達治訳

ドイツ炉辺ばなし集 —カレンダーゲシヒテン　ヘーベル　木下康光編訳
悪童物語　ルウドキヒ・トオマ　実吉捷郎訳
ウィーン世紀末文学選　池内紀編訳
ティル・オイレンシュピーゲルの愉快ないたずら　阿部謹也訳
大理石像・デュランデ城悲歌　アイヒェンドルフ　関泰祐訳
チャンドス卿の手紙 他十篇　ホフマンスタール　檜山哲彦訳
ホフマンスタール詩集　川村二郎訳
インド紀行 全二冊　ボンゼルス　実吉捷郎訳
ドイツ名詩選　生野幸吉・檜山哲彦編
蝶の生活　シュナック　岡田朝雄訳
聖なる酔っぱらいの伝説 他四篇　ヨーゼフ・ロート　池内紀訳
ラデツキー行進曲 全二冊　ヨーゼフ・ロート　平田達治訳
暴力批判論 他十篇 —ベンヤミンの仕事1　ベンヤミン　野村修編訳
ボードレール 他五篇 —ベンヤミンの仕事2　ベンヤミン　野村修編訳
パサージュ論 全五冊　ヴァルター・ベンヤミン　今村仁司・三島憲一・大貫敦子・高橋順一・塚原史・細見和之・村岡晋一・山本尤・横張誠・與謝野文子・吉村和明訳
ジャクリーヌと日本人　ヤーコプ　相良守峯訳
人生処方詩集　エーリヒ・ケストナー　小松太郎訳

第七の十字架 全二冊　アンナ・ゼーガース　山下肇・新村浩訳

《フランス文学》〔赤〕

ロランの歌　有永弘人訳
ラブレー第一之書 ガルガンチュワ物語　渡辺一夫訳
ラブレー第二之書 パンタグリュエル物語　渡辺一夫訳
ラブレー第三之書 パンタグリュエル物語　渡辺一夫訳
ラブレー第四之書 パンタグリュエル物語　渡辺一夫訳
ラブレー第五之書 パンタグリュエル物語　渡辺一夫訳
ピエール・パトラン先生　渡辺一夫訳
日月両世界旅行記　シラノ・ド・ベルジュラック　赤木昭三訳
ロンサール詩集　ロンサール　井上究一郎訳
エセー 全六冊　モンテーニュ　原二郎訳
ラ・ロシュフコー箴言集　二宮フサ訳
ブリタニキュス ベレニス　ラシーヌ　渡辺守章訳
ドン・ジュアン —石像の宴　モリエール　鈴木力衛訳
完訳 ペロー童話集　新倉朗子訳
カンディード 他五篇　ヴォルテール　植田祐次訳

哲学書簡　ヴォルテール　林達夫訳
ルイ十四世の世紀 全四冊　ヴォルテール　丸山熊雄訳
フィガロの結婚　ボオマルシェエ　辰野隆訳
美味礼讃 全二冊　ブリアーサヴァラン　関根秀雄・戸部松実訳
アドルフ　コンスタン　大塚幸男訳
近代人の自由と古代人の自由・征服の精神と簒奪 他一篇　コンスタン　堤林剣・堤林恵訳
恋愛論 全二冊　スタンダール　杉本圭子訳
赤と黒 全二冊　スタンダール　桑原武夫・生島遼一訳
ゴプセック・毬打つ猫の店　バルザック　芳川泰久訳
艶笑滑稽譚 全三冊　バルザック　石井晴一訳
レ・ミゼラブル 全四冊　ユーゴー　豊島与志雄訳
死刑囚最後の日　ユーゴー　豊島与志雄訳
ライン河幻想紀行　ユーゴー　榊原晃三編訳
ノートル＝ダム・ド・パリ 全二冊　ユーゴー　辻昶・松下和則訳
モンテ・クリスト伯 全七冊　アレクサンドル・デュマ　山内義雄訳
三銃士 全二冊　デュマ　生島遼一訳
エトルリヤの壺 他五篇　メリメ　杉捷夫訳

カルメン	メリメ	杉捷夫訳
愛の妖精（プチット・ファデット）	ジョルジュ・サンド	宮崎嶺雄訳
ボヴァリー夫人 全二冊	フローベール	伊吹武彦訳
感情教育 全二冊	フローベール	生島遼一訳
紋切型辞典	フローベール	小倉孝誠訳
サラムボー 全二冊	フローベール	中條屋進訳
未来のイヴ 全二冊	ヴィリエ・ド・リラダン	渡辺一夫訳
風車小屋だより	ドーデー	桜田佐訳
月曜物語	ドーデー	桜田佐訳
パリ風俗 サフォ	ドーデ	朝倉季雄訳
プチ・ショーズ —ある少年の物語	ドーデ	原千代海訳
少年少女	アナトール・フランス	三好達治訳
神々は渇く	アナトール・フランス	大塚幸男訳
テレーズ・ラカン 全二冊	エミール・ゾラ	小林正訳
ジェルミナール 全三冊	エミール・ゾラ	安士正夫訳
獣人 全二冊	エミール・ゾラ	川口篤訳
制作 全二冊	エミール・ゾラ	清水正和訳

水車小屋攻撃 他七篇	エミール・ゾラ	朝比奈弘治訳
氷島の漁夫	ピエール・ロチ	吉氷清訳
マラルメ詩集		渡辺守章訳
脂肪のかたまり	モーパッサン	高山鉄男訳
メゾンテリエ 他三篇	モーパッサン	河盛好蔵訳
モーパッサン短篇選		高山鉄男編訳
わたしたちの心	モーパッサン	笠間直穂子訳
地獄の季節	ランボオ	小林秀雄訳
対訳 ランボー詩集 —フランス詩人選(1)		中地義和編
にんじん	ルナアル	岸田国士訳
ぶどう畑のぶどう作り	ルナアル	岸田国士訳
博物誌	ルナール	辻昶訳
ジャン・クリストフ 全四冊	ロマン・ローラン	豊島与志雄訳
トルストイの生涯	ロマン・ロラン	蛯原徳夫訳
ベートーヴェンの生涯	ロマン・ロラン	片山敏彦訳
ミケランジェロの生涯	ロマン・ロラン	高田博厚訳
フランシス・ジャム詩集		手塚伸一訳

三人の乙女たち	フランシス・ジャム	手塚伸一訳
背徳者	アンドレ・ジイド	川口篤訳
法王庁の抜け穴	アンドレ・ジイド	石川淳訳
精神の危機 他十五篇	ポール・ヴァレリー	恒川邦夫訳
若き日の手紙	フィリップ	外山楢夫訳
朝のコント	フィリップ	淀野隆三訳
シラノ・ド・ベルジュラック	ロスタン	辰野隆・鈴木信太郎訳
地底旅行	ジュール・ヴェルヌ	朝比奈弘治訳
八十日間世界一周	ジュール・ヴェルヌ	鈴木啓二訳
海底二万里 全二冊	ジュール・ヴェルヌ	朝比奈美知子訳
結婚十五の歓び		新倉俊一訳
死霊の恋・ポンペイ夜話 他三篇	ゴーチエ	田辺貞之助訳
火の娘たち	ネルヴァル	野崎歓訳
パリの夜 —革命下の民衆	レチフ・ド・ラ・ブルトンヌ	植田祐次編訳
牝猫（めすねこ）	コレット	工藤庸子訳
シェリ	コレット	工藤庸子訳
シェリの最後	コレット	工藤庸子訳

生きている過去　レニエ　窪田般彌訳
ノディエ幻想短篇集　ノディエ　篠田知和基編訳
フランス短篇傑作選　山田稔編訳
シュルレアリスム宣言・溶ける魚　アンドレ・ブルトン　巖谷國士訳
ナジャ　アンドレ・ブルトン　巖谷國士訳
不遇なる一天才の手記　ヴォーヴナルグ　関根秀雄訳
ヂェルミニィ・ラセルトゥウ　ゴンクウル兄弟　大西克和訳
ジュスチーヌまたは美徳の不幸　サド　植田祐次訳
とどめの一撃　ユルスナール　岩崎力訳
フランス名詩選　安藤元雄・入沢康夫・渋沢孝輔編
繻子の靴　全二冊　ポール・クローデル　渡辺守章訳
A・O・バルナブース全集　全二冊　ヴァレリー・ラルボー　岩崎力訳
悪魔祓い　ル・クレジオ　高山鉄男訳
楽しみと日々　プルースト　岩崎力訳
失われた時を求めて　全十四冊　プルースト　吉川一義訳
子ども　全二冊　ジュール・ヴァレス　朝比奈弘治訳
シルトの岸辺　ジュリアン・グラック　安藤元雄訳

星の王子さま　サン=テグジュペリ　内藤濯訳
プレヴェール詩集　小笠原豊樹訳

《東洋文学》〔赤〕

王維詩集　小川環樹・都留春雄・入谷仙介 選訳
杜甫詩選　黒川洋一編
李白詩選　松浦友久編訳
李賀詩選　黒川洋一編
陶淵明全集　全二冊　松枝茂夫・和田武司 訳注
唐詩選　全三冊　前野直彬注解
完訳 三国志　全八冊　小川環樹・金田純一郎訳
西遊記　全十冊　中野美代子訳
菜根譚　洪自誠　今井宇三郎訳注
浮生六記 ―浮生夢のごとし　沈復　松枝茂夫訳
阿Q正伝・狂人日記 他十二篇（吶喊）　魯迅　竹内好訳
魯迅評論集　竹内好編訳
家　全二冊　巴金　飯塚朗訳
寒い夜　巴金　立間祥介訳
新編 中国名詩選　全三冊　川合康三編訳
遊仙窟　張文成　今村与志雄訳
唐宋伝奇集　全二冊　今村与志雄訳
聊斎志異　全二冊　蒲松齢　立間祥介編訳
白楽天詩選　全二冊　川合康三訳注
文選　全六冊　川合康三・富永一登・釜谷武志・和田英信・浅見洋二・緑川英樹 訳注
ケサル王物語 ―チベットの英雄叙事詩　アレクサンドラ・ダヴィッド＝ネール・アプル・ユンテン　富樫瓔子訳
バガヴァッド・ギーター　上村勝彦訳
朝鮮民謡選　金素雲訳編
尹東柱詩集 空と風と星と詩　金時鐘編訳
アイヌ神謡集　知里幸惠編訳
アイヌ民譚集 付 えぞおばけ列伝　知里真志保編訳

《ギリシア・ラテン文学》〔赤〕

ホメロス イリアス　全二冊　松平千秋訳
ホメロス オデュッセイア　全二冊　松平千秋訳
イソップ寓話集　中務哲郎訳
アイスキュロス 縛られたプロメーテウス　呉茂一訳
アンティゴネー　ソポクレース　中務哲郎訳
バッカイ ―バッコスに憑かれた女たち　エウリーピデース　逸身喜一郎訳
ヘシオドス 神統記　廣川洋一訳
アリストパネース 蜂　高津春繁訳
女の議会　アリストパネース　村川堅太郎訳
アポロドーロス ギリシア神話　高津春繁訳
ギリシア・ローマ抒情詩選 ―花冠　呉茂一訳
オウィディウス 変身物語　全二冊　中村善也訳
黄金の驢馬　アープレーイユス　呉茂一・国原吉之助訳
ギリシア・ローマ神話 付 インド・北欧神話　ブルフィンチ　野上弥生子訳
ギリシア・ローマ名言集　柳沼重剛編
ローマ諷刺詩集　ペルシウス・ユウェナーリス　国原吉之助訳

《南北ヨーロッパ他文学》〔赤〕

ダンテ 新生　山川丙三郎訳
抜目のない未亡人　ゴルドーニ　平川祐弘訳
珈琲店・恋人たち　ゴルドーニ　平川祐弘訳
カヴァレリーア・ルスティカーナ 他十一篇　G・ヴェルガ　河島英昭訳
カルヴィーノ イタリア民話集 全二冊　河島英昭編訳
むずかしい愛　カルヴィーノ　和田忠彦訳
パロマー　カルヴィーノ　和田忠彦訳
カルヴィーノ アメリカ講義 —新たな千年紀のための六つのメモ　米川良夫・和田忠彦訳
まっぷたつの子爵　カルヴィーノ　河島英昭訳
魔法の庭・空を見上げる部族 他十四篇　カルヴィーノ　和田忠彦訳
愛神の戯れ —牧歌劇『アミンタ』　トルクァート・タッソ　鷲平京子訳
ペトラルカ ルネサンス書簡集　近藤恒一編訳
ペトラルカ 無知について　近藤恒一訳
美しい夏　パヴェーゼ　河島英昭訳
流刑　パヴェーゼ　河島英昭訳
祭の夜　パヴェーゼ　河島英昭訳

月と篝火　パヴェーゼ　河島英昭訳
休戦　プリーモ・レーヴィ　竹山博英訳
ウンベルト・エーコ 小説の森散策　和田忠彦訳
バウドリーノ 全二冊　ウンベルト・エーコ　堤康徳訳
タタール人の砂漠　ブッツァーティ　脇功訳
七人の使者・神を見た犬 他十三篇　ブッツァーティ　脇功訳
ラサリーリョ・デ・トルメスの生涯　会田由訳
ドン・キホーテ 前篇 全三冊　セルバンテス　牛島信明訳
ドン・キホーテ 後篇 全三冊　セルバンテス　牛島信明訳
セルバンテス短篇集　牛島信明編訳
恐ろしき媒　ホセ・エチェガライ　永田寛定訳
三大悲劇集 血の婚礼 他二篇　ガルシーア・ロルカ　牛島信明訳
娘たちの空返事 他一篇　モラティン　佐竹謙一訳
プラテーロとわたし　J・R・ヒメーネス　長南実訳
オルメードの騎士　ロペ・デ・ベガ　長南実訳
サラマンカの学生 他六篇　エスプロンセーダ　佐竹謙一訳
セビーリャの色事師と石の招客 他一篇　ティルソ・デ・モリーナ　佐竹謙一訳

ティラン・ロ・ブラン 全四冊　J・マルトゥレイ　M・J・ダ・ガルバ　田澤耕訳
ダイヤモンド広場　マルセー・ルドゥレダ　田澤耕訳
完訳 アンデルセン童話集 全七冊　大畑末吉訳
即興詩人 全二冊　アンデルセン　大畑末吉訳
アンデルセン自伝　大畑末吉訳
ここに薔薇ありせば 他五篇　ヤコブセン　矢崎源九郎訳
ヴィクトリア　クヌート・ハムスン　冨原眞弓訳
フィンランド叙事詩 カレワラ 全二冊　リョンロット編　小泉保訳
イプセン 人形の家　原千代海訳
イプセン 野鴨　原千代海訳
令嬢ユリェ　ストリントベルク　茅野蕭々訳
ポルトガリヤの皇帝さん　ラーゲルレーヴ　イシガオサム訳
アミエルの日記 全四冊　河野与一訳
クオ・ワディス 全三冊　シェンキェーヴィチ　木村彰一訳
山椒魚戦争　カレル・チャペック　栗栖継訳
ロボット (R・U・R)　チャペック　千野栄一訳
白い病　カレル・チャペック　阿部賢一訳

- 牛乳屋テヴィエ　ショレム・アレイヘム　西成彦訳
- 完訳 千一夜物語 全十三冊　豊島与志雄・渡辺一夫・佐藤正彰・岡部正孝訳
- ルバイヤート　オマル・ハイヤーム　小川亮作訳
- ゴレスターン　サァディー　沢英三訳
- アブー・ヌワース アラブ飲酒詩選　塙治夫編訳
- 中世騎士物語　ブルフィンチ　野上弥生子訳
- コルタサル短篇集 悪魔の涎・追い求める男 他八篇　木村榮一訳
- 遊戯の終わり　コルタサル　木村榮一訳
- 秘密の武器　コルタサル　木村榮一訳
- ペドロ・パラモ　ファン・ルルフォ　杉山晃・増田義郎訳
- 燃える平原　ファン・ルルフォ　杉山晃訳
- 伝奇集　J.L.ボルヘス　鼓直訳
- 創造者　J.L.ボルヘス　鼓直訳
- 続審問　J.L.ボルヘス　中村健二訳
- 七つの夜　J.L.ボルヘス　野谷文昭訳
- 詩という仕事について　J.L.ボルヘス　鼓直訳
- 汚辱の世界史　J.L.ボルヘス　中村健二訳

- ブロディーの報告書　J.L.ボルヘス　鼓直訳
- アレフ　J.L.ボルヘス　鼓直訳
- 語るボルヘス ―書物・不死性・時間ほか　J.L.ボルヘス　木村榮一訳
- 20世紀ラテンアメリカ短篇選　野谷文昭編訳
- フエンテス短篇集 アウラ・純な魂 他四篇　木村榮一訳
- アルテミオ・クルスの死　フエンテス　木村榮一訳
- グアテマラ伝説集　M.A.アストゥリアス　牛島信明訳
- 緑の家 全二冊　バルガス=リョサ　木村榮一訳
- 密林の語り部　バルガス=リョサ　西村英一郎訳
- ラ・カテドラルでの対話　バルガス=リョサ　旦敬介訳
- 弓と竪琴　オクタビオ・パス　牛島信明訳
- 失われた足跡　カルペンティエル　牛島信明訳
- ラテンアメリカ民話集　三原幸久編訳
- やし酒飲み　エイモス・チュツオーラ　土屋哲訳
- 薬草まじない　エイモス・チュツオーラ　土屋哲訳
- ジャンプ 他十一篇　ナディン・ゴーディマ　柳沢由実子訳
- マイケル・K　J.M.クッツェー　くぼたのぞみ訳

- ミゲル・ストリート　V.S.ナイポール　小沢自然・小野正嗣訳
- キリストはエボリで止まった　カルロ・レーヴィ　竹山博英訳
- クァジーモド全詩集　河島英昭訳
- ウンガレッティ全詩集　河島英昭訳
- クオーレ　デ・アミーチス　和田忠彦訳
- ゼーノの意識 全二冊　ズヴェーヴォ　堤康徳訳
- 冗談　ミラン・クンデラ　西永良成訳
- 小説の技法　ミラン・クンデラ　西永良成訳
- 世界イディッシュ短篇選　西成彦編訳

《ロシア文学》〔赤〕

オネーギン　プーシキン　池田健太郎訳
スペードの女王・ベールキン物語　プーシキン　神西清訳
狂人日記 他二篇　ゴーゴリ　横田瑞穂訳
外套・鼻　ゴーゴリ　平井肇訳
イワーン・イワーノヰッチとイワーン・ニキーフォロヰッチとが喧嘩をした話　ゴーゴリ　原久一郎訳
日本渡航記 —フレガート「パルラダ」号より　ゴンチャロフ　井上満訳
平凡物語 全二冊　ゴンチャロフ　井上満訳
ルージン　ツルゲーネフ　中村融訳
オブローモフ主義とは何か？ 他一篇　ドブロリューボフ　金子幸彦訳
貧しき人々　ドストイェフスキイ　原久一郎訳
二重人格　ドストエフスキー　小沼文彦訳
罪と罰 全三冊　ドストエフスキー　江川卓訳
白痴 全二冊　ドストエーフスキイ　米川正夫訳
カラマーゾフの兄弟 全四冊　ドストエーフスキイ　米川正夫訳
アンナ・カレーニナ 全三冊　トルストイ　中村融訳
幼年時代　トルストイ　藤沼貴訳

戦争と平和 全六冊　トルストイ　藤沼貴訳
トルストイ民話集 人はなんで生きるか 他四篇　中村白葉訳
トルストイ民話集 イワンのばか 他八篇　中村白葉訳
イワン・イリッチの死　トルストイ　米川正夫訳
復活 全二冊　トルストイ　藤沼貴訳
人生論　トルストイ　中村融訳
かもめ　チェーホフ　浦雅春訳
桜の園　チェーホフ　小野理子訳
チェーホフ 妻への手紙 全二冊　湯浅芳子訳
ともしび・谷間 他七篇　チェーホフ　松下裕訳
ゴーリキー短篇集　上田進・横田瑞穂訳編
どん底　ゴーリキイ　中村白葉訳
魅せられた旅人　レスコーフ　木村彰一訳
かくれんぼ・毒の園 他五篇　ソログープ　中山省三郎・昇曙夢訳
巨匠とマルガリータ 全二冊　ブルガーコフ　水野忠夫訳